華麗なる探偵アリス&ペンギン

アリスvs.ホームズ！

南房秀久／著
あるや／イラスト

★小学館ジュニア文庫★

CONTENTS
もくじ

アリス＆ペンギン
華《か》麗《れい》なる探《たん》偵《てい》
The excellent detectives Alice and Penguin

アリスvs.ホームズ!

CHARACTERS

とうじょう人《じん》物《ぶつ》

夕星《ゆうずつ》アリス

中学《ちゅうがく》2年生《ねんせい》の女《おんな》の子《こ》。
お父《とう》さんの都合《つごう》で
ペンギンと同居《どうきょ》することに。
指輪《ゆびわ》の力《ちから》で鏡《かがみ》の国《くに》に入《はい》ると、
探偵助手《たんていじょしゅ》「アリス・リドル」に!

P《ピー》・P《ピー》・ジュニア

空中庭園《くうちゅうていえん》にある【ペンギン探偵社《たんていしゃ》】の探偵《たんてい》。
言葉《ことば》も話《はな》せるし、料理《りょうり》も得意《とくい》だぞ。

響《ひびき》 琉《る》生《い》

アリスのクラスメイトであり、
TV《テレビ》にも出演《しゅつえん》する
少年名探偵《しょうねんめいたんてい》シュヴァリエ。
アリス・リドルの
正体《しょうたい》に気《き》づいていない。

怪盗《かいとう》 赤《あか》ずきん

変装《へんそう》が得意《とくい》な怪盗《かいとう》。
可愛《かわい》い洋服《ようふく》が大好《だいす》き。
ジュニアには
いつも負《ま》けている。
相棒《あいぼう》はオオカミ!

シャーリー・ホームズ

ペンギン探偵社《たんていしゃ》
ロンドン支社《ししゃ》トップの探偵《たんてい》。
口《くち》ぐせは「お黙りなさい《サイレンス》」。

ハンブリー

キングペンギンの執事《しつじ》。
車《くるま》の運転《うんてん》も得意《とくい》で、
シャーリーのことを
「お嬢様《じょうさま》」と呼《よ》んでいる。

ハンプティ・ダンプティ

鏡《かがみ》の世界《せかい》の仕立屋《したてや》。
アリスのための衣装《いしょう》を作《つく》ることを、
仕事《しごと》にしている。

ファイル・ナンバー0

幽霊屋敷《ゆうれいやしき》にようこそ

(目立《めだ》ちすぎて……落《お》ち込《こ》む)

夕星《ゆうずつ》アリスは、ごく地味《じみ》で目立《めだ》たない、普通《ふつう》の中学《ちゅうがく》2年生《ねんせい》。

――のはずだったのだが、ここではいつもと様子《ようす》が違《ちが》っていた。

アリスが今《いま》、立《た》っている場所《ばしょ》は空港《くうこう》の到着《とうちゃく》ロビー。

それもイギリスの空《そら》の玄関《げんかん》、ヒースロー空港《くうこう》のロビーである。

観光客《かんこうきゃく》や、出張《しゅっちょう》の人《ひと》たちがせわしなく移動《いどう》する中《なか》、黒《くろ》ずくめの姿《すがた》でボ〜ッと突《つ》っ立《た》っているアリスは、嫌《いや》でも人目《ひとめ》を引《ひ》いてしまうらしい。

「お嬢《じょう》ちゃん、迷子《まいご》かい?」

警備《けいび》の人《ひと》や、親切《しんせつ》そうなおばさんからそう聞《き》かれたのも、1回《かい》や2回《かい》ではない。

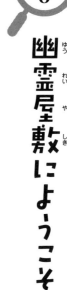

「お待《ま》たせ〜」

30分《ぷん》ほどして、観光《かんこう》ガイドブックを手《て》（ヒレ？）に持《も》った、コロコロした体《からだ》つきのアデリーペンギンが姿《すがた》を見《み》せた。

『ペンギン探偵社《たんていしゃ》』日本支社《にっぽんししゃ》が誇《ほこ》る名探偵《めいたんてい》、P《ピー》・P《ピー》・ジュニアである。

そして――。

「ししょ〜、遅《おそ》い」

ただのトロそうな子《こ》にしか見《み》えないが、実《じつ》はこのアリスも探偵見習《たんていみなら》い。

ひとりと1羽《わ》は、ロンドン支社《ししゃ》で研修《けんしゅう》を受《う》けるため、日本《にっぽん》の白瀬市《しらせし》を離《はな》れ、はるばるイギリスへとやってきたのだ。

「ペンギンにパスポートは要《い》らないってことを知《し》らない係員《かかりいん》の人《ひと》に当《あ》たっちゃいまして」

今日《きょう》のP《ピー》・P《ピー》・ジュニアは珍《めずら》しくスーツ姿《すがた》。おまけに帽子《ぼうし》までかぶっている。

「こう言《い》ったら納得《なっとく》してもらえましたよ。ロンドン動物園《どうぶつえん》のペンギンたちは、み〜んなパスポートを持《も》っているんですかって」

空港《くうこう》を出《で》たアリスたちはタクシーに乗《の》ると、ロンドンの街《まち》を目指《めざ》した。

タクシーが停《と》まったのは、街《まち》の中心《ちゅうしん》を流《なが》れるテムズ川《がわ》に近《ちか》い、高層《こうそう》ビルの正面《しょうめん》だった。

「大《おお》きなビルです……」

白瀬市《しらせし》にある『ペンギン探偵社《たんていしゃ》』日本支社《にっぽんししゃ》も、地上《ちじょう》13階《かい》のビルの屋上《おくじょう》にあるのだが、このロンドン支社《ししゃ》はその3倍《ばい》は高《たか》い感《かん》じだ。

「ロンドン支社《ししゃ》は、120羽《わ》のペンギン探偵《たんてい》が働《はたら》く超大型支社《ちょうおおがたししゃ》ですからねえ」

そう説明《せつめい》するP《ピー》・P《ピー》・ジュニアは、ヒレをくわえてちょっとうらやましそうな顔《かお》である。

ともかく中《なか》に入《はい》ると、アリスの目《め》に飛《と》び込《こ》んできたのは吹《ふ》き抜《ぬ》けのロビー。

左手《ひだりて》に見《み》えるエスカレーターでは、ネクタイを締《し》めた真面目《まじめ》そうなマゼランペンギンたちが、きちんと並《なら》んで上下《じょうげ》に行《い》き来《き》している。

受付《うけつけ》には、可愛《かわい》いマカロニペンギンがいて、アリスたちが近《ちか》づくとウインクで迎《むか》えた。

アリスたちが名乗《なの》ると、マカロニペンギンは通行証《つうこうしょう》を渡《わた》し、ロビーの一番奥《いちばんおく》にある、最《さい》上階直通《じょうかいちょくつう》のエレベーターに乗《の》るようにと、愛想《あいそ》よく教《おし》えてくれた。

ちなみにここはイギリスなので会話《かいわ》は英語《えいご》だが、アリスは小《ちい》さい頃《ころ》からパパと一緒《いっしょ》に世《せ》界中《かいじゅう》を飛《と》び回《まわ》っていたので、英語《えいご》も聞《き》くだけなら問題《もんだい》はない。——話《はな》す方《ほう》となると、日本《にほん》語《ご》でも問題《もんだい》なのだが。

最上階《さいじょうかい》に着《つ》くと、今度《こんど》は秘書《ひしょ》のケープペンギンが、支社長室《ししゃちょうしつ》まで案内《あんない》してくれた。

「ようこそ《ウェルカム》、P《ピー》・P《ピー》・ジュニア、それにミス・夕星《ゆうずつ》」

支社長室《ししゃちょうしつ》でアリスたちを待《ま》っていたのは、口《くち》ひげをたくわえ、片メガネ《モノクル》をかけたキングペンギンだった。P《ピー》・P《ピー》・ジュニアよりも15センチほど背《せ》が高《たか》いそのキングペンギンは、アリスたちをソファーに座《すわ》らせて名刺《めいし》を渡《わた》した。

「私《わたし》はG《ジー》・B《ビー》・キング。全《ぜん》イギリスのペンギン探偵《たんてい》のトップに立《た》つものです。さて、マイ・レディから、今回《こんかい》の研修《けんしゅう》の目的《もくてき》は聞《き》いていると思《おも》いますが？」

G《ジー》・B《ビー》・キングは、アリスとP《ピー》・P《ピー》・ジュニアを交互《こうご》に見《み》る。

ちなみに、マイ・レディというのはニューヨークにある『ペンギン探偵社《たんていしゃ》』本部《ほんぶ》の最高《さいこう》責任者《せきにんしゃ》、ミス・ユーディのことだ。

「いいえ？」

「……まったく」

P《ピー》・P《ピー》・ジュニアとアリスは、首《くび》を横《よこ》に振《ふ》った。

ロンドンに研修《けんしゅう》に向《む》かうよう、ミス・ユーディに命令《めいれい》されたのは3日前《かまえ》のこと。

細《こま》かいことまでは聞《き》いていない。

「またですか。あの方《かた》はいつもそうですよ。面倒《めんどう》なことはぜ～んぶ、こっちに押《お》しつけて」

G《ジー》・B《ビー》・キングは部屋《へや》の隅《すみ》っこに行《い》き、アリスたちに背《せ》を向《む》けてブツブツ言《い》い始《はじ》めた。

「……ともかく――」

G《ジー》・B《ビー》・キングは振《ふ》り返《かえ》ると、せき払《ばら》いして続《つづ》けた。

「――研修《けんしゅう》の目的《もくてき》は、科学捜査術《かがくそうさじゅつ》です」

「科学《かがく》？」

「捜査術《そうさじゅつ》？」

P《ピー》・P《ピー》・ジュニアは右《みぎ》に、アリスは左《ひだり》に首《くび》を傾《かし》げる。

「直感《ちょっかん》と推理《すいり》、このふたつで探偵《たんてい》が犯人《はんにん》を突《つ》き止《と》める時代《じだい》は終《お》わりました。これからは、科学捜査《かがくそうさ》の時代《じだい》です。日本支社《にっぽんししゃ》のおふたりにも、このロンドンでみ～っちりと科学捜査《かがくそうさ》を学《まな》んでいただきますので、そのおつもりで」

(ロンドンまで来《き》て勉強《べんきょう》とは……ひたすら落《お》ち込《こ》む)

せっかく学校《がっこう》の勉強《べんきょう》から解放《かいほう》されると思《おも》っていたアリスは肩《かた》を落《お》とした。

「あまり科学《かがく》に頼《たよ》りすぎるのも、どうかと思《おも》いますが？」

P《ピー》・P《ピー》・ジュニアが疑《うたが》わしい、というように鼻《はな》を鳴《な》らす。

「ふむ。時代遅《じだいおく》れの古《ふる》〜い探偵《たんてい》が言《い》いそうなことですね」

G《ジー》・B《ビー》・キングは目《め》を細《ほそ》めてP《ピー》・P《ピー》・ジュニアを見《み》る。

「ふ、古《ふる》い!?　この私《わたし》が古《ふる》い!?」

P《ピー》・P《ピー》・ジュニアは、足《あし》の水《みず》かきでパタタタタ〜ッと床《ゆか》を叩《たた》いた。これはイライラした時《とき》によく見《み》せる仕草《しぐさ》だ。

「まあ、研修《けんしゅう》は明日《あした》からです。今日《きょう》はせいぜい、くつろいでください。あなた方《がた》のホテルはこちらで用意《ようい》しました。うちの名探偵《めいたんてい》のひとりに案内《あんない》させるとしましょう」

G《ジー》・B《ビー》・キングは内線《ないせん》のスイッチを入《い》れる。

「ミス・ホームズ、来《き》たまえ」

と、G《ジー》・B《ビー》・キングは呼《よ》びかけたが、返事《へんじ》はない。

「……………ミス・ホームズ？」

しばらく待《ま》って呼《よ》びかけたが、結果《けっか》は同《おな》じだ。

「今日《きょう》こそは時間《じかん》を守《まも》るように何度《なんど》も言《い》ったのに」

G《ジー》・B《ビー》・キングはため息《いき》をもらす。

と、その時《とき》。

ガッシャ〜ン！

大《おお》きな音《おと》とともに、支社長室《ししゃちょうしつ》の窓《まど》が割《わ》れた。

何《なに》かが、いや、誰《だれ》かが窓《まど》から飛《と》び込《こ》んできた、いや、窓《まど》を破《やぶ》るように放《ほう》り込《こ》まれたのだ。

手錠《てじょう》をかけられた、あまり人相《にんそう》のよくない男《おとこ》である。

アリスたちが驚《おどろ》いていると、続《つづ》いてパラシュートをつけた女《おんな》の子《こ》が窓《まど》から入《はい》ってきて、床《ゆか》に降《お》り立《た》った。チェック柄《がら》のコートと帽子《ぼうし》をまとい、ゴーグルをかけたその女《おんな》の子《こ》は、アリスより少《すこ》し背《せ》が高《たか》いぐらいであまり大《おお》きくはない。

「間《ま》に合《あ》ったでしょ、G《ジー》・B《ビー》？」

女《おんな》の子《こ》はゴーグルを外《はず》しながら白《しろ》い歯《は》を見《み》せた。

「手配中《てはいちゅう》のテロリストを捕《つか》まえたわ」

女《おんな》の子《こ》は、白目《しろめ》をむいている手錠《てじょう》の男《おとこ》を、つま先《さき》で蹴飛《けと》ばした。

「38秒遅刻《びょうちこく》です！　それに、どうしてあなたはいつもちゃんとドアから入《はい》ってこられないんです⁉　修理代《しゅうりだい》、お給料《きゅうりょう》から引《ひ》きますよ⁉」

G《ジー》・B《ビー》・キングはクチバシをパクパクさせたが、アリスたちが見《み》ていることに気《き》がつくと、気《き》を取《と》り直《なお》して女《おんな》の子《こ》を紹介《しょうかい》する。

「……あ〜、ええっとですね、彼女《かのじょ》はシャーリー・ホームズ。かの名探偵《めいたんてい》シャーロック・ホームズの血《ち》を引《ひ》く探偵《たんてい》で、うちのCM《シーエム》にも出《で》ています」

G《ジー》・B《ビー》・キングは壁《かべ》に貼《は》ってあるポスターを指《ゆび》さした。

(私《わたし》以外《いがい》にも、人間《にんげん》の探偵《たんてい》がいるとは)

『ペンギン探偵社《たんていしゃ》』はペンギン探偵《たんてい》が捜査《そうさ》する探偵社《たんていしゃ》。日本《にっぽん》の白瀬市《しらせし》の支社《ししゃ》でも、人間《にんげん》は見習《みなら》いのアリスだけだ。

ロンドン支社《ししゃ》に着《つ》いてからもペンギンしか見《み》ていなかったアリスは、何《なん》だかホッとした

気持《きも》ちになる。

だが。

「これ、昨日《きのう》の報告書《ほうこくしょ》。ノーウッドの建築家《けんちくか》行方《ゆくえ》不明《ふめい》事件《じけん》と、海軍《かいぐん》の秘密《ひみつ》文書《ぶんしょ》の盗難《とうなん》事件《じけん》。どっちも6時間《じかん》以内《いない》に解決《かいけつ》したわ」

シャーリーはアリスたちの姿《すがた》など目《め》に入《はい》らない様子《ようす》でG《ジー》・B《ビー》・キングの前《まえ》に進《すす》み出《で》て、メモリーカードを机《つくえ》に置《お》いた。

「あの、自己紹介《じこしょうかい》を――」

P《ピー》・P《ピー》・ジュニアは何《なん》とかシャーリーの注意《ちゅうい》を引《ひ》こうとして、机《つくえ》の上《うえ》に飛《と》び乗《の》った。

「……知《し》ってる。あなたがP《ピー》・P《ピー》・ジュニア。で、そっちは夕星《ゆうずつ》アリス」

腕組《うでぐ》みをしたシャーリーは、冷《ひ》ややかな目《め》でアリスたちを観察《かんさつ》し、それからフフンと笑《わら》ってみせた。

「ミス・ホームズ、日本《にっぽん》支社《ししゃ》のご一同《いちどう》を、ホテルにご案内《あんない》してあげてくれないかね？」

「仰せのままに《アズ・ユー・ウィッシュ》。……そのテロリストは、ロンドン警視庁《スコットランドヤード》に渡《わた》しておいて」

シャーリーは頷《うなず》くと、軽《かる》いウェーヴのかかった黒髪《くろかみ》をかき上《あ》げ、さっさとドアの方《ほう》へと向《む》かう。

アリスとP《ピー》・P《ピー》・ジュニアは顔《かお》を見合《みあ》わせ、シャーリーを追《お》いかけた。

地上階《ちじょうかい》のエントランスまで戻《もど》ってくると、支社《ししゃ》ビルの前《まえ》に黒《くろ》いピカピカの高級車《こうきゅうしゃ》が1台《だい》停《と》まっているのが見《み》えた。

シャーリーはその後部座席《こうぶざせき》に乗《の》り込《こ》むと、アリスたちにも乗《の》るように目《め》で合図《あいず》する。

運転席《うんてんせき》に座《すわ》っていたのは、G《ジー》・B《ビー》・キングそっくりのキングペンギンである。G《ジー》・B《ビー》と違《ちが》うのは、口《くち》ひげがなく、代《か》わりに蝶《ちょう》ネクタイをしていることぐらいである。

「私《わたくし》めは、シャーリーお嬢様《じょうさま》にお仕《つか》えする執事《しつじ》のハンブリーと申《もう》します。以後《いご》、お見知《みし》り置《お》きを」

キングペンギンの執事《しつじ》はそう挨拶《あいさつ》すると、車《くるま》をスタートさせた。

「観光写真《かんこうしゃしん》、観光写真《かんこうしゃしん》〜」

P《ピー》・P《ピー》・ジュニアは、スマートフォンでロンドンの街並《まちな》みの写真《しゃしん》を撮《と》り始《はじ》める。

「……あの……よろしく」

シャーリーが黙《だま》ったままなので、アリスは声《こえ》をかけてみた。

「…………」

（もしかして……嫌《きら》われているのでしょうか？）

アリスは落《お》ち込《こ》む。

だが、しばらくして――。

「私《わたし》はロンドン支社《ししゃ》でもトップの探偵《たんてい》なの。1日《にち》で解決《かいけつ》する事件《じけん》の数《かず》は、少《すく》なくても2件《けん》から3件《けん》。でも――」

シャーリーはやっと口《くち》を開《ひら》いた。

「しばらくは捜査《そうさ》に出《で》られないわ。あなたたちのせいで」

「私《わたし》たちの……せい？」

アリスは聞《き》き返《かえ》す。

「明日《あした》からあなたたちに科学捜査《かがくそうさ》を教《おし》えろって、G《ジー》・B《ビー》・キングに押《お》しつけられたのよ。

私《わたし》はあなたたちの講師《こうし》、つまり先生《せんせい》をやらされるの」

「おやおや、大変《たいへん》そうですね～♪　おおっ、あれが有名《ゆうめい》なロンドン塔《とう》！」

まるで他人事《ひとごと》のように鼻歌《はなうた》を歌《うた》うP《ピー》・P《ピー》・ジュニアは、バシャバシャ写真《しゃしん》を撮《と》り続《つづ》けた。

それからまた数分《すうふん》が経過《けいか》し、車《くるま》がウェストミンスター宮殿《きゅうでん》——今《いま》は国会議事堂《こっかいぎじどう》として使《つか》われている——のそばに差《さ》しかかったあたりで——。

「ひょっとして、あれがビッグ・ベンですか〜っ！　でもって、あっちがロンドン・アイ！」

P《ピー》・P《ピー》・ジュニアは、橋《はし》のそばにある高《たか》い時計塔《とけいとう》と、テムズ川《がわ》の向《む》こうに見《み》える大観覧《だいかんらん》車《しゃ》にスマートフォンを向《む》ける。

「うにゅ〜、ほんとは動画《どうが》で撮《と》りたいところですが、バッテリーが切《き》れそうです」

「ビッグ・ベンは本来《ほんらい》、時計塔《とけいとう》の中《なか》にある鐘《かね》の名前《なまえ》よ。間違《まちが》えないで」

シャーリーは訂正《ていせい》すると、小《ちい》さくため息《いき》をついてから続《つづ》けた。

「……いいこと？　小《ちい》さな島国《しまぐに》の探偵術《たんていじゅつ》が、この大英帝国《だいえいていこく》で通用《つうよう》するとは思《おも》わないでね」

「小《ちい》さな島国《しまぐに》という点《てん》なら、イギリスも変《か》わらない気《き》が〜？」

P《ピー》・P《ピー》・ジュニアが肩《かた》を——ないけど——すくめる。

「お黙《サイレンス》りなさい」

静《しず》かだが、有無《うむ》を言《い》わせぬ調子《ちょうし》でシャーリーは命《めい》じた。

「あの……」

アリスは先《さき》ほどから気《き》になっていたことを質問《しつもん》してみる。

「どうしてさっきは……パラシュートで？」

「……ああ」

シャーリーはまたフフンと笑《わら》った。

「いつものように市内《しない》の監視《かんし》カメラの映像《えいぞう》を適当《てきとう》に見《み》ていたら、空港《くうこう》でスペインに向《む》かおうとする国際手配《こくさいてはい》のテロリストの姿《すがた》を見《み》つけたのよ。で、空港《くうこう》に急行《きゅうこう》して、同《おな》じ飛行機《ひこうき》に乗《の》り込《こ》んで捕《つか》まえたわけ。飛行機《ひこうき》を戻《もど》させるのは面倒《めんどう》だったし、G《ジー》・B《ビー》に支社《ししゃ》に来《く》るように言《い》われてたから途中《とちゅう》で飛《と》び降《お》りたの」

「お嬢様《じょうさま》、見事《みごと》でございました」

執事《しつじ》のハンブリーが運転《うんてん》しながら、シャーリーに惜《お》しみない賛辞《さんじ》を贈《おく》る。

「引《ひ》き返《かえ》させるより、飛《と》んでる飛行機《ひこうき》から途中《とちゅう》で飛《と》び降《お》りる方《ほう》が迷惑《めいわく》な気《き》が？」

首《くび》を傾《かし》げるP《ピー》・P《ピー》・ジュニア。

「お黙《サイレンス》りなさい」

シャーリーはピシャリとさえぎった。

「しょせん田舎《いなか》の探偵《たんてい》には、お嬢様《じょうさま》の大胆不敵《だいたんふてき》な行動《こうどう》は理解不可能《りかいふかのう》でございます」

ハンブリーがバックミラー越《ご》しに、細《ほそ》めた目《め》でP《ピー》・P《ピー》・ジュニアを見《み》る。

「何《なに》しろ、お嬢様《じょうさま》は8歳《さい》で大学《だいがく》を卒業《そつぎょう》した天才探偵《てんさいたんてい》ですので」

「およ、飛《と》び級《きゅう》ですか？」

と、P《ピー》・P《ピー》・ジュニア。

「飛《と》び級《きゅう》？」

アリスはたずねるような視線《しせん》をP《ピー》・P《ピー》・ジュニアに向《む》けた。

「アメリカやヨーロッパなんかでは、ずば抜《ぬ》けて頭《あたま》がいいと、学年《がくねん》を飛《と》び越《こ》えて上級《じょうきゅう》のクラスに行《い》けるんですよ。特《とく》にアメリカでは、アリスと同《おな》じぐらいの歳《とし》の大学生《だいがくせい》なんてざらにいますよ」

（……それでなくても落第《らくだい》しそうな自分《じぶん》と比《くら》べて……かなり落《お》ち込《こ》む）

アリスは記憶力《きおくりょく》と観察力《かんさつりょく》は、抜群《ばつぐん》にいい。どんなに小《ちい》さな違《ちが》いでも——たとえ、机《つくえ》の上《うえ》のペンが1ミリ動《うご》かされただけでも――見逃《みのが》すことはない。

ただ、覚《おぼ》えていることを理解《りかい》するまでに、人《ひと》の何倍《なんばい》、いや、何十倍《なんじゅうばい》も時間《じかん》がかかるのが欠点《けってん》。だから、学校《がっこう》のテストだって問題《もんだい》を全部《ぜんぶ》解《と》けたことがない。

ひどい時《とき》には、名前《なまえ》を書《か》いただけで終《お》わることもあるのだ。


やがて、車《くるま》は古《ふる》びたホテルの前《まえ》で停車《ていしゃ》した。

「さあ。これがあなたたちの泊《と》まるホテル――」

シャーリーは、アリスたちと一緒《いっしょ》に車《くるま》から降《お》りた。

スマートフォンのGPS《ジーピーエス》のマップで確認《かくにん》すると、ここはベーカー街《がい》の裏通《うらどお》り。

シャーリーの祖先《そせん》、シャーロックが住《す》んでいたとされる221B《ビー》はこのすぐ近《ちか》くだ。

「――みたいね。自分《じぶん》で案内《あんない》して何《なん》だけど、本当《ほんとう》にここ？」

目《め》の前《まえ》のホテルを見上《みあ》げたシャーリーは、眉《まゆ》をひそめる。

ホテルは壁《かべ》の色《いろ》のあせた、木造《もくぞう》の3階建《かいだ》て。

建《た》てられてから、少《すく》なくとも100年以上《ねんいじょう》は経《た》っている感《かん》じだ。

大《おお》きく、重《おも》そうな扉《とびら》の上《うえ》には、

「HOTEL《ホテル》　LA《ラ》　GARGOUILLE《ガーゴイル》」

と、フランス語《ご》のつづりで書《か》かれた看板《かんばん》がかかっている。

ちなみに、ガーゴイルというのは、魔物《まもの》の形《かたち》をした雨《あま》どいの飾《かざ》りのことだ。

「な、何《なん》だかずいぶんと古風《こふう》なホテルですね」

P《ピー》・P《ピー》・ジュニアは唖然《あぜん》とした表情《ひょうじょう》になる。

「……ボロい」

正直《しょうじき》、アリスには廃墟《はいきょ》にしか見《み》えなかった。

「おかしいわね、もう少《すこ》しリッチなホテルのはずだと思《おも》ったんだけど」

シャーリーも眉《まゆ》をひそめ、スマートフォンで確認《かくにん》する。

「ホテル・ラ・ガーゴイル、ホテル・ラ・ガーゴイル……場所《ばしょ》は確《たし》かにここよね」

「こんなところに泊《と》まるんですか〜？」

おしゃれなホテルを想像《そうぞう》していたのか、P《ピー》・P《ピー》・ジュニアはちょっと涙目《なみだめ》になった。

「お黙りなさい《サイレンス》。明日《あした》の朝《あさ》は——そうね、9時《じ》に迎《むか》えに来《く》るわ」

シャーリーは、抗議《こうぎ》は認《みと》めないという顔《かお》をして車《くるま》に乗《の》り込《こ》んだ。
「じゃあ、そういうことで。――ハンブリー、出《だ》しなさい」
シャーリーを乗《の》せた車《くるま》はU《ユー》ターンして帰《かえ》っていった。
アリスとP《ピー》・P《ピー》・ジュニアは、ホテルの前《まえ》にポツリと残《のこ》された感《かん》じである。
もう陽《ひ》が落《お》ちかけているし、半日《はんにち》飛行機《ひこうき》に乗《の》って疲《つか》れている。
今日《きょう》はもう休《やす》みたいところなのだが。
「と、ともかく、入《はい》るとしましょうか」
P《ピー》・P《ピー》・ジュニアは覚悟《かくご》を決《き》めて、ホテルの扉《とびら》を――どう見《み》ても自動《じどう》ドアではないので
――押《お》した。
もちろん、アリスもあとに続《つづ》く。
ギィ～ッと音《おと》とともに扉《とびら》が開《あ》くと、シャンデリアに照《て》らされた薄暗《うすぐら》いロビーが見《み》えた。
ギシ。
赤《あか》い絨毯《じゅうたん》が敷《し》かれた床《ゆか》を踏《ふ》むと、きしむ音《おと》がした。
ギシ、ギシギシギシ。

歩《ある》くたびに音《おと》がするのでにぎやかだ。

「ハロー」

フロントにやってくると、P《ピー》・P《ピー》・ジュニアが背伸《せの》びをし、奥《おく》をのぞき込《こ》むようにして声《こえ》をかける。

すると――。

「いらっしゃいませ～」

フロントのデスクの下《した》から、誰《だれ》かがわき上《あ》がるように姿《すがた》を現《あらわ》した。

白髪頭《しらがあたま》で背中《せなか》が曲《ま》がり、ギョロリとした目《め》の男性《だんせい》だ。

「もしや～、お客様《きゃくさま》ですね～？　イ～ッヒッヒッヒッヒッヒッ」

男《おとこ》は笑《わら》い、ところどころ抜《ぬ》けた黄色《きいろ》い歯《は》を見《み》せた。

ここに泊《と》まって大丈夫《だいじょうぶ》なのか、アリスは一気《いっき》に不安《ふあん》になる。

「『ペンギン探偵社《たんていしゃ》』の名前《なまえ》で、予約《よやく》があると思《おも》うんですが？」

P《ピー》・P《ピー》・ジュニアも顔《かお》が強《こわ》ばっている。

「少々《しょうしょう》お待《ま》ちを～……はい、P《ピー》・P《ピー》・ジュニア様《さま》とゆううつアリス様《さま》～」

男《おとこ》は確認《かくにん》すると、ニャ〜ッと笑《わら》う。

「ゆううつではなく夕星《ゆうずつ》です」

アリスは訂正《ていせい》した。

「これは失礼《しつれい》。私《わたし》、支配人《しはいにん》のグレゴリーと申《もう》します。では、お部屋《へや》にご案内《あんない》〜」

グレゴリーはランプを手《て》に、階段《かいだん》の方《ほう》に向《む》かう。

どうやら、このホテルはエレベーターがないようだ。

階段《かいだん》も床《ゆか》と同《おな》じく、一歩《いっぽ》ごとにギシギシと音《おと》を立《た》てる。

「ここが〜、おふたりの部屋《へや》でございます」

グレゴリーが足《あし》を止《と》めたのは、3階《かい》――イギリス風《ふう》に言《い》えば2階《かい》にあたる――の廊下《ろうか》の一番奥《いちばんおく》にある13号室《ごうしつ》の前《まえ》だった。

(あまり……縁起《えんぎ》のいい番号《ばんごう》ではないので)

アリスは落《お》ち込《こ》んだ。

「ひとり1部屋《へや》じゃないんですか、ロンドン支社《ししゃ》もケチですね〜」

P《ピー》・P《ピー》・ジュニアはブツブツつぶやきながら中《なか》に入《はい》り、アリスも続《つづ》く。

ベッドも家具《かぐ》も良《よ》く言《い》えばアンティークっぽいが、粗大《そだい》ゴミの中《なか》から拾《ひろ》ってきたようにしか見《み》えないかなり古《ふる》い物《もの》。天井《てんじょう》にはクモの巣《す》が張《は》っていて、全体的《ぜんたいてき》にほこりっぽい。まるで何年《なんねん》も使《つか》っていなかったかのようだ。

「お食事《しょくじ》はどうなさいます～？」

グレゴリーはふたりにたずねる。

「ここのホテルにレストランはあるんですか？」

と、P《ピー》・P《ピー》・ジュニア。

「『クリプト』というレストランが、地下《ちか》にございます～。死《し》ぬほどおいしいですよ～」

グレゴリーはもともと大《おお》きな目《め》をさらに大《おお》きく見開《みひら》いて笑《わら》った。

ちなみにクリプトとは、教会《きょうかい》などにある納骨堂《のうこつどう》のことだ。

「では、30分後《ぷんご》に予約《よやく》をお願《ねが》いします」

「承《うけたまわ》りました～、快適《かいてき》な夜《よる》を～」

グレゴリーはお辞儀《じぎ》をすると、部屋《へや》を出《で》ていった。

「30分《ぷん》でディナーなので……わくわくです」

イギリスに来《き》て最初《さいしょ》のディナーである。

ローストビーフに、プディングに、フィッシュ・アンド・チップス。

飛行機《ひこうき》の中《なか》で読《よ》んだ観光《かんこう》ガイドブックのおかげで、アリスはちょっぴり期待《きたい》してしまう。

(レストランに行《い》くので……ちゃんとした格好《かっこう》をせねば)

アリスはベッドの端《はし》に腰《こし》かけた。スプリングがきしみ、ボフッとほこりが舞《ま》い上《あ》がる。

「これ、座《すわ》っても平気《へいき》なんでしょうかねえ?」

P《ピー》・P《ピー》・ジュニアの方《ほう》は、デスクの前《まえ》に置《お》かれた木製《もくせい》の椅子《いす》を、チョンとヒレで突《つ》っついてみる。ミシッという音《おと》を立《た》て、椅子《いす》はバラバラになった。

P《ピー》・P《ピー》・ジュニアがいつものようにピョンと飛《と》び乗《の》っていたら、お尻《しり》を床《ゆか》に強打《きょうだ》していたところである。

「この調子《ちょうし》だと、ゴキブリやネズミも出《で》そうですよ」

P《ピー》・P《ピー》・ジュニアは、壊《こわ》れた椅子《いす》の足《あし》をゴミ箱《ばこ》に放《ほう》り込《こ》む。

「ネズミなら——」

アリスは壁《かべ》の隅《すみ》っこの、小《ちい》さな穴《あな》を指《ゆび》さした。

その穴《あな》の中《なか》から、赤《あか》く光《ひか》る目玉《めだま》がふたつ、こちらをうかがっている。

ゴキブリはともかく、アリスは意外《いがい》とネズミは平気《へいき》だ。

アリスのパパは秘宝《ひほう》を求《もと》め、世界中《せかいじゅう》を巡《めぐ》っている冒険家《ぼうけんか》。

アリスも小《ちい》さい頃《ころ》はパパに連《つ》れられ、南米《なんべい》や東南《とうなん》アジアのジャングルで野宿《のじゅく》したことがある。小犬《こいぬ》ほどの大《おお》きさのネズミがテントに迷《まよ》い込《こ》んでくることだって、珍《めずら》しくなかったのだ。

（でも——）

アリスは天井《てんじょう》を見上《みあ》げて思《おも》う。

（さすがにあれはない）

大都会《だいとかい》のホテルで、照明《しょうめい》にコウモリがぶら下《さ》がっているのを目撃《もくげき》したのは初《はじ》めてだった。

「うにゅ～。こんなおんぼろホテル、ロンドン支社《ししゃ》の嫌《いや》がらせとしか思《おも》えませんね」

P《ピー》・P《ピー》・ジュニアはため息《いき》をつき、クチバシを左右《さゆう》に振《ふ》った。

「嫌《いや》がらせされそうなこと、した？」

と、アリス。

「してませんよ。でも、この私《わたし》は世界一《せかいいち》の名探偵《めいたんてい》！　つまり、私《わたし》のすばらしい才能《さいのう》をねたむ探偵《たんてい》が、ロンドン支社《ししゃ》にいてもおかしくないということです」

P《ピー》・P《ピー》・ジュニアはヒレを十字《じゅうじ》に組《く》んでポーズを取《と》る。

「ほ〜」

アリスはP《ピー》・P《ピー》・ジュニアの自信《じしん》に素直《すなお》に感心《かんしん》し、カバンから着替《きが》えを取《と》り出《だ》した。

着替《きが》えといっても、今《いま》、着《き》ているのとあまり変《か》わらない、地味《じみ》な黒《くろ》のワンピースだ。

アリスはそのワンピースを手《て》にバスルームに入《はい》ったが、ここもあまり使《つか》われていないようで全体的《ぜんたいてき》にほこりが積《つ》もっている。

その上《うえ》、シャワーをひねってみても、出《で》てくるのは冷《つめ》たい水《みず》だけ。

さいわい鏡《かがみ》はあるので、とりあえず髪《かみ》をとかして着替《きが》えをする。

「……？」

金色《きんいろ》の髪《かみ》にブラシをかけながら、アリスはふと、背中《せなか》の方《ほう》で何《なに》か白《しろ》いものが動《うご》いたのを見《み》たような気《き》がした。だが、振《ふ》り返《かえ》っても誰《だれ》もいない。

「気《き》のせい？」

首《くび》を傾《かし》げたアリスは、シャワーを浴《あ》びるのをあきらめ、バスルームをあとにする。

「しょ〜、交代《こうたい》」

今度《こんど》はＰ《ピー》・Ｐ《ピー》・ジュニアが着替《きが》える番《ばん》。

といっても、スーツを脱《ぬ》いで、いつもの格好《かっこう》になるだけだ。

「ひゃっほ〜っ！」

Ｐ《ピー》・Ｐ《ピー》・ジュニアはバスタブに水《みず》をため、バシャンと飛《と》び込《こ》んだ。

ペンギンだから、水風呂《みずぶろ》でも平気《へいき》である。

(うらやましいような、そうでもないような……)

アリスはともかく、ほこりまみれにならないようにしようと、部屋《へや》の片《かた》づけを始《はじ》めた。

しばらくして、レストランの予約《よやく》の時間《じかん》になった。

「こちらです」

人手不足《ひとでぶそく》なのか、案内《あんない》に現《あらわ》れたのはグレゴリーである。

地下《ちか》にあるレストランは、部屋《へや》やロビーよりもさらに暗《くら》い。グレゴリーのあとに続《つづ》いてテーブルに到着《とうちゃく》するまでに、アリスは3回《かい》も柱《はしら》に鼻《はな》をぶつけた。

「この時間《じかん》ですと、コース料理《りょうり》しかできませんがよろしいでしょうか？　こちらに日本語《にほんご》のメニューも用意《ようい》してございます」

グレゴリーはメニューをテーブルに置《お》いた。

「コース料理《りょうり》……これですね？」

P《ピー》・P《ピー》・ジュニアはメニューを開《ひら》き、リストの一番上《いちばんうえ》を指《ゆび》さした。

「なになに、人肉入《じんにくい》りトマトスープに、トリカブトの煮込《にこ》み、虫《むし》のステーキ……って、何《なん》ですこれは〜っ！」

P《ピー》・P《ピー》・ジュニアの顔《かお》が——もともと青《あお》いけど——真《ま》っ青《さお》になる。

「おやおや、慣《な》れない日本語《にほんご》なので、どうやら書《か》き間違《まちが》えてしまったようですな〜」

グレゴリーはメガネをかけ、メニューに顔《かお》を近《ちか》づけて笑《わら》った。

「本当《ほんとう》はですな、人肉《じんにく》ではなく、ニンニク入《い》りのトマトスープ、トリカブトではなく、トリとカブの煮込《にこ》み、虫《むし》ではなく、牛《うし》のステーキです。……まあたぶん」

（どこをどう間違《まちが》えれば、そうなるのでしょう？）

アリスは大《おお》いに疑問《ぎもん》を覚《おぼ》える。

「こ、これしかできないんですか？」

と、P《ピー》・P《ピー》・ジュニア。

「これしかできないんです」

と、グレゴリー。

「………じゃあ、それで」

P《ピー》・P《ピー》・ジュニアがあきらめて注文《ちゅうもん》すると、しばらくしてスープが運《はこ》ばれてきた。

「召し上がれ〜」

グレゴリーが目《め》の前《まえ》に置《お》いたスープは、ボコボコと泡立《あわだ》っている。

おまけに、待《ま》っている間《あいだ》に、キッチンの方《ほう》から何《なに》か動物《どうぶつ》の悲鳴《ひめい》のような声《こえ》まで聞《き》こえた。

（ボナ・ペティと申《もう》されましても――）

一気《いっき》に食欲《しょくよく》がなくなったアリスであった。

結局《けっきょく》。

ほとんどの料理《りょうり》に手《て》をつけず、アリスたちは部屋《へや》に戻《もど》った。

時計《とけい》を見《み》ると10時《じ》を過《す》ぎている。

でも、アリスは飛行機《ひこうき》の中《なか》で寝《ね》ていたのでまだ眠《ねむ》くない。

(何《なに》か……忘《わす》れているような?)

アリスは大切《たいせつ》なことがあったような気《き》がするが、思《おも》い出《だ》せない。

TV《テレビ》をつけて、適当《てきとう》にチャンネルを回《まわ》してみる。

そして、映画《えいが》を何本《なんぼん》か見《み》たあとで——。

「……あ」

アリスは日本《にっぽん》の推理《すいり》バラエティー番組《ばんぐみ》『ミステリー・プリンス』を放映《ほうえい》している局《きょく》を見《み》つけた。

『僕の推理が、闇を切り裂く!』《バイ・ディダクション、アイ・スラッシュ・ザ・ダークネス》

「ほ〜」

少年名探偵《しょうねんめいたんてい》シュヴァリエが、いつもの台詞《せりふ》を英語《えいご》で——吹《ふ》き替《か》えだけど——言《い》っている。

何《なん》だか新鮮《しんせん》な感《かん》じだが、実《じつ》はこの探偵《たんてい》シュヴァリエ、アリスのクラスメート、響琉生《ひびきるい》である。

「……ん？　クラスメート？」

アリスはやっと、何《なに》を忘《わす》れていたのか思《おも》い出《だ》し、あわててスマートフォンをポシェットから取《と》り出《だ》した。

（あわわわ……）

すっかり忘《わす》れていたのは、ロンドンに着《つ》いたらすぐに連絡《れんらく》すると、クラスメートの何人《なんにん》かと約束《やくそく》したことだった。

「もう遅《おそ》い時間《じかん》だけど――」

アリスはおそるおそる、国際電話《こくさいでんわ》をかけてみる。

最初《さいしょ》の相手《あいて》は赤妃《あかひ》リリカ。ハリウッド映画《えいが》にも出演《しゅつえん》することがある大《だい》スターであり、赤《あか》妃《ひ》グループという大企業《だいきぎょう》のお嬢様《じょうさま》だ。

『いったい何《なん》ですの⁉』

聞《き》き慣《な》れた怒鳴《どな》り声《ごえ》が、いきなりアリスの耳《みみ》に飛《と》び込《こ》んできた。

「今晩《こんばん》は。夕星《ゆうずつ》アリスです」

アリスは名乗《なの》った。

『いちいち名乗《なの》らないでも分《わ》かりますわ！　それより、どういうつもりですの⁉　こちらは授業中《じゅぎょうちゅう》ですのよ！』

リリカはまた怒鳴《どな》る。

「？？？」

どうして夜中《よなか》に授業《じゅぎょう》があるのか、一瞬《いっしゅん》、アリスは不思議《ふしぎ》に思《おも》う。

『時差《じさ》があること、まさかお忘《わす》れになったんではないでしょうね⁉』

「…………………………おお」

イギリスと日本《にっぽん》では9時間《じかん》。時期《じき》によっては、8時間《じかん》の時差《じさ》がある。

部屋《へや》の柱時計《はしらどけい》を見《み》ると、短針《たんしん》が数字《すうじ》の2のちょっと手前《てまえ》まで来《き》ている。

つまり、ほぼ午前《ごぜん》2時《じ》。

日本《にっぽん》では、午前《ごぜん》11時《じ》という計算《けいさん》になる。

「時差《じさ》ボケで」

アリスは言《い》い訳《わけ》した。

『あなたは時差《じさ》に関係《かんけい》なく、いつもボケてるでしょうが⁉』

「………ごもっともです」

思《おも》い当《あ》たることが多々《たた》あるので、アリスは反論《はんろん》できない。

『赤妃《あかひ》さん、居眠《いねむ》りしていたところを起《お》こされて、機嫌《きげん》が悪《わる》いんですよ』

誰《だれ》かが割《わ》り込《こ》んでくる声《こえ》が聞《き》こえた。

白兎計太《しらとけいた》の声《こえ》である。計太《けいた》は数字《すうじ》や時間《じかん》に細《こま》かいところはあるものの、コンピュータ関《かん》係《けい》にくわしく、たまに捜査《そうさ》を手伝《てつだ》ってもらっているクラスメートだ。

『計太《けいた》！　横《よこ》からなんです！　くっつくんじゃありません！　あ、響様《ひびきさま》はよろしいんですのよ〜』

何《なん》だか電話《でんわ》の向《む》こうでは、ちょっとした騒《さわ》ぎになっているようだ。

『……夕星《ゆうずつ》さん？』

これは聞《き》き間違《まちが》えることの絶対《ぜったい》にない声《こえ》。響琉生《ひびきるい》の声《こえ》だ。

『ええっと……元気《げんき》かな？』

気遣《きづか》ってくれる、優《やさ》しい声《こえ》。

「……はい」

アリスは何《なん》だかホッとする。

『何《なに》か力《ちから》になれることがあったら、いつでも――』

と、琉生《るい》が言《い》いかけたところで。

『あ〜、夕星《ゆうずつ》さん』

担任《たんにん》の菱川先生《ひしかわせんせい》が割《わ》り込《こ》んできた。

『せっかくロンドンに行《い》っているんだから、そっちの歴史《れきし》や地理《ちり》のレポートを書《か》いてもらおうかな？　これ、宿題《しゅくだい》ね』

「しゅ、宿《しゅく》――」

アリスは絶句《ぜっく》した。せっかく勉強《べんきょう》から解放《かいほう》されると思《おも》っていたのに、これである。

『とにかく！　無事《ぶじ》に帰《かえ》ってらっしゃい！　これは命令《めいれい》です！』

リリカはぶっきらぼうな調子《ちょうし》でそう告《つ》げると、電話《でんわ》を切《き》った。

「気《き》を使《つか》ってくれてますねえ、赤妃《あかひ》さん」

横《よこ》でやりとりを聞《き》いていたP《ピー》・P《ピー》・ジュニアが笑顔《えがお》を見《み》せる。

「そう思《おも》います」

宿題《しゅくだい》の件《けん》でズ〜ンと心《こころ》が暗《くら》くなったアリスは、スマートフォンをポシェットに戻《もど》した。

「さあ、気《き》は進《すす》みませんが明日《あした》から研修《けんしゅう》です。今日《きょう》はもう休《やす》みましょうか？」

P《ピー》・P《ピー》・ジュニアはパジャマに着替《きが》え、ナイト・キャップをかぶると、窓側《まどがわ》のベッドに飛《と》び乗《の》った。やっぱり、ボフンとほこりが立《た》つ。

「こ、今夜《こんや》は晴《は》れでよかったですよ。この部屋《へや》、最上階《さいじょうかい》でしょう？　雨《あめ》でも降《ふ》ったら絶対《ぜったい》に雨漏《あまも》りしていますう」

と、P《ピー》・P《ピー》・ジュニアがせき込《こ》んだその時《とき》。

ざーっ！

いきなり雨《あめ》が降《ふ》り始《はじ》めた。

そして、P《ピー》・P《ピー》・ジュニアの予言《よげん》（？）どおり、ピチャピチャピチャ雨水《あまみず》が漏《も》れてくる。

天井《てんじょう》を見上《みあ》げたアリスの額《ひたい》にも、ポツンと雨粒《あまつぶ》が当《あ》たる。

「まあ、これで雷《かみなり》でも鳴《な》ったら、映画《えいが》に出《で》てくる幽霊屋敷《ゆうれいやしき》みた——」

Ｐ《ピー》・Ｐ《ピー》・ジュニアがごまかすように笑《わら》うと、窓《まど》の外《そと》でピカッと稲妻《いなずま》が光《ひか》り、ゴロゴロと音《おと》がし始《はじ》めた。

「……ししょ〜、もう何《なに》も言《い》わないように」

アリスはため息《いき》をつき、そう告《つ》げた。

と、その時《とき》。

Ｐ《ピー》・Ｐ《ピー》・ジュニアの後《うし》ろ、窓《まど》の向《む》こうで、何《なに》か白《しろ》いものが動《うご》くのをアリスは見《み》た。

ここは３階《かい》——イギリス風《ふう》に言《い》うと２階《かい》——で、窓《まど》の外《そと》を誰《だれ》かが通《とお》りかかるはずがない。

（見間違《みまちが》い？）

アリスはそう自分《じぶん》に言《い》い聞《き》かせようとしたが、さっきもバスルームで同《おな》じような白《しろ》い影《かげ》を見《み》ていたことを思《おも》い出《だ》す。

似《に》たような見間違《みまちが》いを二度《にど》も繰《く》り返《かえ》すなんて、さすがのアリスでもあり得《え》ない。

「ししょ〜、窓《まど》の外《そと》」

アリスはＰ《ピー》・Ｐ《ピー》・ジュニアに声《こえ》をかけ、確《たし》かめようと窓《まど》に近《ちか》づいた。

すると。

「ひひひひひひひひひひひひひひ〜っ！」

不気味《ぶきみ》な声《こえ》が響《ひび》きわたり、ベッドや家具《かぐ》がガタガタと揺《ゆ》れ出《だ》した。

「お、お、お化《ば》け〜っ！」

P《ピー》・P《ピー》・ジュニアはアリスに飛《と》びついた。

天井《てんじょう》の照明《しょうめい》が大《おお》きく揺《ゆ》れ、チカチカ点滅《てんめつ》し始《はじ》める。

「……おお」

アリスはパパのおかげで小《ちい》さい頃《ころ》から奇妙《きみょう》なこと、へんてこなものは見慣《みな》れている。

だから、P《ピー》・P《ピー》・ジュニアみたいにお化《ば》けぐらいじゃ驚《おどろ》かないが、こんな現象《げんしょう》はさすがに初《はじ》めてである。

「出《で》ていけ〜っ！」

またもや不気味《ぶきみ》な声《こえ》。

とにかく、歓迎《かんげい》されていないことは確《たし》かだ。

（でも、今《いま》さら他《ほか》のホテルには移《うつ》れそうにないので……落《お》ち込《こ》む）

アリスはとりあえず、震《ふる》えるP《ピー》・P《ピー》・ジュニアを抱《かか》えてベッドの下《した》に潜《もぐ》り込《こ》み、ブランケットを頭《あたま》からかぶることにした。

ようやく部屋《へや》が静《しず》かになったのは、夜《よる》が明《あ》け始《はじ》めた頃《ころ》だった。

「眠《ねむ》れましたか？」

P《ピー》・P《ピー》・ジュニアはベッドからはい出《だ》して、あたりを見渡《みわた》してからアリスにたずねる。

「……ません」

アリスは重《おも》たいまぶたをこすった。

「ですよね〜」

P《ピー》・P《ピー》・ジュニアも目《め》の下《した》にクマができている。

ひとりと1羽《わ》はともかく、顔《かお》を洗《あら》おうとバスルームに向《む》かったが、バスルームの壁《かべ》や床《ゆか》には血《ち》のようなものが飛《と》び散《ち》っていた。

(顔《かお》さえ洗《あら》えないとは……落《お》ち込《こ》む)

アリスはだんだん、白瀬市《しらせし》が懐《なつ》かしくなってきた。

P《ピー》・P《ピー》・ジュニアとアリスはロビーまで降《お》りてくると、グレゴリーに詰《つ》め寄《よ》った。

「グレゴリーさん、あなた、このホテルに幽霊《ゆうれい》が出《で》ることを私《わたし》たちに教《おし》えませんでしたね？」

アリスに抱《だ》きかかえられたP《ピー》・P《ピー》・ジュニアは、フロント・デスクをヒレでパンパンと叩《たた》いて抗議《こうぎ》する。

「……出《で》ましたか？」

グレゴリーは声《こえ》をひそめると、身《み》を乗《の》り出《だ》してP《ピー》・P《ピー》・ジュニアに顔《かお》を近《ちか》づけた。

「出《で》ました」

P《ピー》・P《ピー》・ジュニアは負《ま》けじとグレゴリーを見《み》つめ返《かえ》す。

だが。

「……お客《きゃく》さん、ついていましたな〜」

ひと息置《いきお》いて、グレゴリーはニ〜ッと笑《わら》った。

「ついていた？」

P《ピー》・P《ピー》・ジュニアはキョトンとした顔《かお》になる。

「実《じつ》は、幽霊《ゆうれい》は隠《かく》れたイギリス名物《めいぶつ》でして。幽霊《ゆうれい》が出《で》る部屋《へや》は人気《にんき》があるんですよ。幽霊《ゆうれい》を是非見《ぜひみ》たいと、予約《よやく》が絶《た》えないほどで」

「そんな人気《にんき》の部屋《へや》に、どうして私《わたし》たちが泊《と》まれたんでしょう？」

アリスは質問《しつもん》する。

「それが、予約《よやく》なされていたお客様《きゃくさま》が前日《ぜんじつ》になってキャンセルなされたんです。不幸《ふこう》な事故《じこ》にあわれたとかで」

グレゴリーはハンカチを取《と》り出《だ》して目《め》をぬぐった。

「――まあ、あの部屋《へや》の場合《ばあい》、時々《ときどき》あるんですなあ、そういうことが」

「の、の、呪《のろ》われてるんですよ、きっと！」

P《ピー》・P《ピー》・ジュニアは震《ふる》え上《あ》がる。

「あの、部屋《へや》を替《か》えてもらうことは？」

アリスはたずねた。

「残念《ざんねん》ながら、満室《まんしつ》で」

グレゴリーはぜんぜん残念《ざんねん》そうじゃなさそうな顔《かお》で、首《くび》を左右《さゆう》に振《ふ》る。

「このホテル、そんなにお客《きゃく》さんがいるんですか？　ロビーでも廊下《ろうか》でも私《わたし》たち以外《いがい》のお客《きゃく》さんとは会《あ》いませんでしたけど？」

P《ピー》・P《ピー》・ジュニアは疑《うたが》いの目《め》をグレゴリーに向《む》ける。

アリスも満室《まんしつ》だとは信《しん》じられなかったが、ひとつひとつの部屋《へや》をノックして回《まわ》り、お客《きゃく》さんがいるか確《たし》かめて回《まわ》るわけにもいかない。

（それに、そろそろシャーリーが迎《むか》えに来《く》るはず）

と、思《おも》ったところで、ホテルの表《おもて》でクラクションの音《おと》がした。

「…………ねもい」

執事《しつじ》ペンギン、ハンブリーの運転《うんてん》する車《くるま》でロンドン支社《ししゃ》に戻《もど》ってきたアリスたちは、第《だい》8研修室《けんしゅうしつ》という部屋《へや》に通《とお》されていた。

寝不足《ねぶそく》のアリスは左《ひだり》の頬《ほお》を机《つくえ》に押《お》しつけ、ふあぁ〜っとあくびをする。

P《ピー》・P《ピー》・ジュニアにいたっては、さっきハンブリーに渡《わた》された分厚《ぶあつ》い『科学捜査《かがくそうさ》の基《き》礎《そ》』という教科書《きょうかしょ》を枕《まくら》に、デスクの上《うえ》に横《よこ》になって眠《ねむ》りこけていた。

そこに――。

「さあ、始《はじ》めるわよ」

先生《せんせい》っぽいスーツ姿《すがた》になり、おまけにメガネまでかけたシャーリーが入《はい》ってきて教壇《きょうだん》の前《まえ》に立《た》った。

「第《だい》1回《かい》の授業《じゅぎょう》のテーマは――」

シャーリーはホワイトボードにマーカーで何《なに》か書《か》きかけたところで、P《ピー》・P《ピー》・ジュニアが寝《ね》ていることに気《き》がついてそのマーカーを投《な》げつけた。

マーカーは見事《みごと》にP《ピー》・P《ピー》・ジュニアの眉間《みけん》に命中《めいちゅう》し、P《ピー》・P《ピー》・ジュニアはデスクから転《ころ》げ落《お》ちた。

「――テーマは『データベースの活用《かつよう》』よ」

涙目《なみだめ》でヨロヨロと起《お》き上《あ》がるP《ピー》・P《ピー》・ジュニアに背《せ》を向《む》け、シャーリーは何事《なにごと》もなかったかのように続《つづ》ける。

「もちろん、日本《にっぽん》でもコーディスやエイフィスは活用《かつよう》しているわよね？」

シャーリーはアリスに質問《しつもん》する。

「？？？？？」

アリスは研修開始数秒《けんしゅうかいしすうびょう》で、数学《すうがく》の授業《じゅぎょう》を受《う》けているような気分《きぶん》になってきた。

つまり、何《なに》が何《なん》だかまったく分《わ》からないのだ。

(この先不安《さきふあん》で……落《お》ち込《こ》む)

アリスは肩《かた》を落《お》とす。

「……コーディスはC《シー》・O《オー》・D《ディー》・I《アイ》・S《エス》、総合遺伝子情報照会《そうごういでんしじょうほうしょうかい》システム。エイフィスはA《エー》・F《エフ》・I《アイ》・S《エス》、自動指紋鑑識《じどうしもんかんしき》システムよ」

シャーリーは説明《せつめい》を付《つ》け加《くわ》えたが、アリスはなおさら分《わ》からなくなった。

「我《わ》が『ペンギン探偵社《たんていしゃ》』は警察《けいさつ》のコーディスやエイフィスの力《ちから》を借《か》りて、犯罪《はんざい》の捜査《そうさ》に役立《やくだ》てているの。でも、いつも警察《けいさつ》が探偵社《たんていしゃ》に協力的《きょうりょくてき》だとは限《かぎ》らない。だから、このロンドン支社《ししゃ》では、警察《けいさつ》のシステムを参考《さんこう》にした独自《どくじ》の指紋《しもん》、DNA《ディーエヌエー》、顔認証《かおにんしょう》、犯罪歴《はんざいれき》の総合《そうごう》検索《けんさく》システムを開発中《かいはっちゅう》なの」

「……ほ〜」

さも感心《かんしん》したようにアリスは頷《うなず》いて見《み》せたが、実際《じっさい》はチンプンカンプンである。

「つまり、犯罪現場《はんざいげんば》に指紋《しもん》や唾液《だえき》が残《のこ》っていたり、近《ちか》くの防犯《ぼうはん》カメラに顔《かお》が写《うつ》っていれば、我《わ》が社《しゃ》はほんの数分《すうふん》で犯人《はんにん》を割《わ》り出《だ》せるようになるということね。こうしたシステムを、本社《ほんしゃ》は日本支部《にっぽんしぶ》でも導入《どうにゅう》する予定《よてい》なの」

「そんなこと聞《き》いてませんが？」

P《ピー》・P《ピー》・ジュニアが目《め》を丸《まる》くした。

「だから今《いま》、教《おし》えてあげてるんじゃない？」

「うにゅ〜、不愉快《ふゆかい》ですね〜」

P《ピー》・P《ピー》・ジュニアは、パタタタタタタ〜ッと足《あし》の水《みず》かきで床《ゆか》を叩《たた》いた。

「科学捜査《かがくそうさ》を受《う》け入《い》れなさい、P《ピー》・P《ピー》・ジュニア。観察《かんさつ》と推理《すいり》で解決《かいけつ》なんて、恐竜《きょうりゅう》と一緒《いっしょ》。滅《ほろ》びゆく手法《しゅほう》よ」

シャーリーは腕組《うでぐ》みをし、胸《むね》を張《は》った姿勢《しせい》でP《ピー》・P《ピー》・ジュニアを見下《みお》ろす。

「恐竜《きょうりゅう》は滅《ほろ》びゆくどころか、とっくに滅《ほろ》びていますが？」

P《ピー》・P《ピー》・ジュニアは指摘《してき》した。

「お黙《サイレンス》りなさい、まだネス湖《こ》とかにいるかも知《し》れないでしょ？　だいたいあなた、細《こま》かいことにいちいち突《つ》っ込《こ》むクセはやめた方《ほう》がいいわよ？」

「以後《いご》、注意《ちゅうい》しますよ〜」

P《ピー》・P《ピー》・ジュニアは答《こた》えたが、この表情《ひょうじょう》は絶対《ぜったい》、注意《ちゅうい》する気《き》などない顔《かお》だ。

「で？」

シャーリーはアリスを振《ふ》り返《かえ》った。

「——どうしてさっきからあくびばっかりしているのかしら？　そんなに退屈《たいくつ》？」

「そうではなく——」

アリスは昨日《きのう》の幽霊《ゆうれい》？　のことをシャーリーに説明《せつめい》する。

「幽霊《ゆうれい》？　非科学的《ひかがくてき》にもほどがあるわ」

話《はなし》を聞《き》いたシャーリーは鼻《はな》を鳴《な》らした。

「そう言《い》われると思《おも》いました」

「だいたい、うちの支社《ししゃ》が予約《よやく》したホテルが、そんな怪《あや》しいホテルである訳《わけ》がないじゃない。『ホテル・ラ・ガーゴイル』だったわね？」

シャーリーはタブレット端末《たんまつ》を取《と》り出《だ》し、液晶画面《えきしょうがめん》にタッチして調《しら》べていたが、やがて、眉《まゆ》をひそめた。

「……おかしいわね。ロンドン支社《ししゃ》が予約《よやく》したのは、別《べつ》の高級《こうきゅう》ホテルだったみたい。でも、それがキャンセルされて、今《いま》のホテルになった。どういうことかしら？」

「誰《だれ》なんです、予約《よやく》を変更《へんこう》したのは？」

P《ピー》・P《ピー》・ジュニアがたずねた。

「……誰《ノーバディ》でもない」

画面《がめん》を見《み》つめていたシャーリーは、つぶやくように答《こた》える。

「誰《だれ》でもないって、そんなわけないでしょう⁉」

P《ピー》・P《ピー》・ジュニアの声《こえ》が、１オクターブほど甲高《かんだか》くなった。

「ネット上《じょう》で情報《じょうほう》がたどれないのよ。このロンドン支社《ししゃ》にはIT《アイティー》の専門家《せんもんか》が何十羽《なんじゅうわ》もいるけど、彼《かれ》らの目《め》をかいくぐってハッキングを仕掛《しか》け、予約《よやく》を変更《へんこう》したとすれば、よほどの天才《てんさい》ハッカーか——さもなくば幽霊《ゆうれい》」

シャーリーは声《こえ》をひそめ、P《ピー》・P《ピー》・ジュニアの耳元《みみもと》にささやいた。

「ピキ〜ッ！　あなた、さっき幽霊《ゆうれい》なんて非科学的《ひかがくてき》だって言《い》ったでしょ！」

P《ピー》・P《ピー》・ジュニアは飛《と》び上《あ》がり、ヒレを振《ふ》り回《まわ》して抗議《こうぎ》する。

「冗談《じょうだん》に決《き》まってるでしょ？　あなた、本当《ほんとう》にうわさどおりの名探偵《めいたんてい》なの？」

シャーリーは肩《かた》をすくめた。

と、そこに。

「お嬢様《じょうさま》の小粋《こいき》なジョークは、田舎《いなか》ペンギンには理解不能《りかいふのう》だったようでございますなあ」

執事《しつじ》のハンブリーが入《はい》ってきて、お茶《ちゃ》の準備《じゅんび》を始《はじ》めた。

どうやら、ホームズ家《け》ではそろそろお茶の時間《イレヴンシス》のようである。

「お嬢様《じょうさま》、英国《えいこく》の貴婦人《きふじん》たるもの、お茶《ちゃ》の時間《じかん》を忘《わす》れてはなりませんよ」

3人《にん》、正確《せいかく》にはふたりと1羽分《わぶん》のカップが用意《ようい》され、琥珀色《こはくいろ》の紅茶《こうちゃ》が注《そそ》がれる。

「あの……」

クロスグリのジャムとクロテッド・クリームをたっぷりと塗《ぬ》ったスコーンをかじりながら、アリスはさっきの会話《かいわ》に出《で》てきた言葉《ことば》のことを質問《しつもん》してみる。

「ハッカーって？」

「あなたね、聞《き》くタイミングが遅《おそ》すぎるでしょ？」

あきれたようなシャーリーの視線《しせん》が、アリスに突《つ》き刺《さ》さる。

「申《もう》し訳《わけ》ありません」

アリスにとっては、質問《しつもん》のタイミングはこれでも早《はや》い方《ほう》である。

クラスでリリカたちと話《はな》していると、話題《わだい》が8つぐらい変《か》わった頃《ころ》になって、さっきのはどういうことなのかとふと思《おも》い出《だ》し、おそるおそるたずねるのがいつものアリスなのだ。

「……ハッカーというのは、もともとはコンピュータ犯罪《はんざい》を行《おこな》う連中《れんちゅう》のことよ」

シャーリーはため息混《いきま》じりに答《こた》える。

「今《いま》では、優《すぐ》れたIT《アイティー》技術者《ぎじゅつしゃ》を指《さ》すことが多《おお》いですな」

シャーリーの後《うし》ろに立《た》つハンブリーが、付《つ》け加《くわ》えて頷《うなず》いた。

「まあ、予約《よやく》を変《か》えたのがハッカーにせよ、別《べつ》の誰《だれ》かにせよ、あなたたちをあのホテルに泊《と》まらせた目的《もくてき》が、ニセの幽霊《ゆうれい》を見《み》せるためであった可能性《かのうせい》は否定《ひてい》できないわね」

シャーリーはすました顔《かお》で、ティー・カップを口元《くちもと》に運《はこ》ぶ。

「誰《だれ》が？」

と、アリス。

「何《なん》のために？」

と、P《ピー》・P《ピー》・ジュニア。

「それも含《ふく》めて――」

シャーリーはナプキンで口元《くちもと》をぬぐうと、右手《みぎて》を軽《かる》くあげて合図《あいず》し、ハンブリーにお茶《ちゃ》のあと片《かた》づけをさせる。

「この私《わたし》が！　そのインチキ幽霊《ゆうれい》の正体《しょうたい》をあばいてあげる！　アリス、P《ピー》・P《ピー》・ジュニア、あなたたちは今《いま》から私《わたし》の助手《じょしゅ》よ！　事件解決《じけんかいけつ》に協力《きょうりょく》しなさい！」

シャーリーは立《た》ち上《あ》がり、アリスたちに命《めい》じた。

アリスとP《ピー》・P《ピー》・ジュニアは顔《かお》を見合《みあ》わせ、ため息《いき》をつくと、同時《どうじ》に首《くび》を縦《たて》に振《ふ》った。

何《なん》だか、逆《さか》らえそうにない雰囲気《ふんいき》だった。


深夜《しんや》――。

「待《ま》たせたわね」

アリスたちがホテルの前《まえ》で待《ま》っていると、約束《やくそく》した時間《じかん》より5分《ふん》ほど遅《おく》れてハンブリーの運転《うんてん》する車《くるま》が到着《とうちゃく》した。

（これは……いったい？）

車《くるま》から降《お》りてきたシャーリーは、アリスの目《め》から見《み》てもちょっとおかしな格好《かっこう》をしていた。大《おお》きな機械《きかい》をいくつも背負《せお》い、両手《りょうて》にも何《なに》やら怪《あや》しげな機械《きかい》を抱《かか》えているのだ。

「フレー、フレー！　お嬢様《じょうさま》！」

ハンブリーは両《りょう》ヒレにイギリス国旗《こっき》を持《も》ち、応援《おうえん》しながらシャーリーを送《おく》り出《だ》す。

「執事《しつじ》は来《こ》ないんですか？」

ハンブリーが車《くるま》から離《はな》れないのを見《み》て、P《ピー》・P《ピー》・ジュニアがシャーリーにたずねる。

「当然《とうぜん》でしょ？　彼《かれ》は探偵《たんてい》じゃないもの。それにそばにいなくても手助《サポート》けはできるし」

シャーリーは肩《かた》をすくめてそう答《こた》えると、アリスに命《めい》じる。

「夕星《ゆうずつ》アリス！　その幽霊《ゆうれい》が出現《しゅつげん》するという現場《クライム・シーン》に案内《あんない》しなさい！」

「……こちらへ」

アリスはシャーリーを自分《じぶん》たちの部屋《へや》、13号室《ごうしつ》へと連《つ》れていった。

「さあ、これからあなたたちに幽霊《ゆうれい》がいないってことを証明《しょうめい》してあげるわ」

部屋《へや》に入《はい》ったシャーリーは、持《も》ってきた装置《そうち》を並《なら》べ始《はじ》めた。

「その重装備《じゅうそうび》はいったい何《なん》ですか？」

装置《そうち》を見《み》つめるP《ピー》・P《ピー》・ジュニアの目《め》は、まん丸《まる》になっている。

「これはすべて、正式《せいしき》にゴーストハンターの間《あいだ》で認《みと》められている、霊現象《れいげんしょう》の測定装置《そくていそうち》よ」

シャーリーは取《と》り出《だ》した装置《そうち》のひとつを見《み》せながら説明《せつめい》した。

「これは電磁場《でんじば》（EMF《イーエムエフ》）測定装置《そくていそうち》。本当《ほんとう》に幽霊《ゆうれい》が出現《しゅつげん》するのなら、この装置《そうち》に反応《はんのう》があるはず。ところがご覧《らん》なさい、このとおりメーターの針《はり》は――」

手《て》にした装置《そうち》の針《はり》は、元気《げんき》よく右左《みぎひだり》に動《うご》いている。

「ピキ～ッ！　思《おも》いっ切《き》り、針《はり》、動《うご》いてますよ～！」

P《ピー》・P《ピー》・ジュニアは飛《と》び上《あ》がって部屋《へや》の隅《すみ》に逃《に》げた。

「お、おかしいわね、故障《こしょう》かしら？」

シャーリーは首《くび》を傾《かし》げながら、測定装置《そくていそうち》にチョップを食《く》らわせる。

「……うん、故障《こしょう》じゃないみたい。ともかく――」

電磁場測定装置《でんじばそくていそうち》をベッドの上《うえ》に投《な》げ捨《す》てると、シャーリーは別《べつ》の装置《そうち》を取《と》り出《だ》した。

「電磁場《でんじば》だけじゃ幽霊《ゆうれい》がいることの証明《しょうめい》にはならないわ。次《つぎ》はこの、震動検知機《しんどうけんちき》」

先《さき》ほどの電磁場測定装置《でんじばそくていそうち》よりも、やや大《おお》きな装置《そうち》をシャーリーは見《み》せる。

「幽霊《ゆうれい》の中《なか》には家具《かぐ》を持《も》ち上《あ》げたり、置物《おきもの》なんかを飛《と》ばしたりするものがいる、とされているの。ポルターガイストっていうんだけど、そのポルターガイストが出現《しゅつげん》する時《とき》には、必《かなら》ずと言《い》っていいほど地震《じしん》のような振動《しんどう》が観測《かんそく》されるわ」

「幽霊《ゆうれい》を信《しん》じない割《わり》には、そ〜ゆ〜ことにくわしいですね？」

P《ピー》・P《ピー》・ジュニアが不思議《ふしぎ》そうに首《くび》を傾《かし》げる。

「お黙《サイレンス》りなさい、P《ピー》・P《ピー》・ジュニア。イギリス人《じん》は、幽霊《ゆうれい》の話《はなし》がお天気《てんき》の話《はなし》の次《つぎ》に大好《だいす》きなのよ。だから私《わたし》も予備知識《よびちしき》として知《し》っているだけ」

シャーリーはそう釘《くぎ》を刺《さ》すと、震動検知機《しんどうけんちき》のスイッチを入《い》れる。

「ともかく、こうすると——」

スイッチが入《はい》ったとたん、またもメーターの針《はり》が左右《さゆう》に大《おお》きく振《ふ》れ始《はじ》めた。

「……振動《しんどう》していますが？」

と、アリス。

「き、きっと近《ちか》くで道路工事《どうろこうじ》をしているのよ」

やや青《あお》ざめたシャーリーはあくまでも言《い》い張《は》る。

「頑固《がんこ》ですね〜」

P《ピー》・P《ピー》・ジュニアはあきれたように肩《かた》をすくめた。

「まだ！　まだ、信《しん》じないわ！」

シャーリーは、スマートフォンほどの大《おお》きさの電子温度計《でんしおんどけい》を取《と》り出《だ》した。

「いい？　幽霊《ゆうれい》が現《あらわ》れると、気温《きおん》が急激《きゅうげき》に下《さ》がると言《い》われるわ。でも、このデジタル温度《おんど》計《けい》によると――」

シャーリーはどうだ、という表情《ひょうじょう》で温度計《おんどけい》をアリスの鼻先《はなさき》に突《つ》きつけた。

すると――。

デジタル温度計《おんどけい》の液晶画面《えきしょうがめん》の数字《すうじ》は、アリスたちの目《め》の前《まえ》でみるみる下《さ》がっていった。

ついさっきまでより、6度《ど》も下《さ》がっている。

「思《おも》いっ切《き》り下《さ》がっていますが？」

P《ピー》・P《ピー》・ジュニアのクチバシから吐《は》き出《だ》された息《いき》は、白《しろ》くなっていた。

「やっぱり……本物《ほんもの》？」

シャーリーが存在《そんざい》を否定《ひてい》しようと頑張《がんば》れば頑張《がんば》るほど、アリスには本物《ほんもの》の幽霊《ゆうれい》がいるような気《き》がしてくる。

「お黙《サイ》り《レ》な《ン》さ《ス》い！　そんなことあるわけありません！　だって――」

シャーリーは両手《りょうて》のこぶしを握《にぎ》りしめた。

「――だって？」

と、アリス。

「ほんとにいたら！　怖《こわ》いじゃない！」

とうとうシャーリーは白状《はくじょう》した。

「おやおや、イギリスを代表《だいひょう》する名探偵《めいたんてい》が、怖《こわ》がり屋《や》さんじゃ困《こま》りますね～」

P《ピー》・P《ピー》・ジュニアがニヤ～ッとした顔《かお》でからかう。

「ししょ～も幽霊《ゆうれい》、怖《こわ》いんじゃ？」

P《ピー》・P《ピー》・ジュニアが急《きゅう》に元気《げんき》を取《と》り戻《もど》したのを見《み》て、アリスはたずねた。

「誰《だれ》かさんがビクビクしてるのを見《み》たら、みょ～に冷静《れいせい》になりまして～。……自分《じぶん》より臆病な人《チキン・ハート》を見《み》ると、何《なん》か安心《あんしん》しますよね」

P《ピー》・P《ピー》・ジュニアはテヘッと舌《した》を出《だ》すと、ベッドの柱《はしら》の前《まえ》に立《た》ち、アリスに目配《めくば》せした。

「ところで、気《き》がつきませんか？」

「……あ」

アリスもP《ピー》・P《ピー》・ジュニアと同《おな》じものに気《き》がついた。

ベッドの柱《はしら》の頭《あたま》のところに、小《ちい》さなスピーカーがついているのを見《み》つけたのだ。

「昨日《きのう》の不気味《ぶきみ》な声《こえ》は、このスピーカーから流《なが》されていたんでしょう。そして――」

P《ピー》・P《ピー》・ジュニアは説明《せつめい》する。

「な、何《なに》よ、この家具《かぐ》！　小《ちい》さなモーターがついてて震動《しんどう》するようになってる！」

シャーリーも、この部屋《へや》の仕掛《しか》けに気《き》がついたようだ。

「ええ。チカチカした照明《しょうめい》にも、おそらく同《おな》じような仕掛《ギミック》けがあるはずです」

P《ピー》・P《ピー》・ジュニアは頷《うなず》いた。

「バスルームも調《しら》べるわよ！　……でも、まだちょっと怖《こわ》いからついてきて」

シャーリーはアリスの手《て》を引《ひ》っ張《ぱ》って、血《ち》まみれ？　のバスルームに入《はい》っていった。

「これは血《ち》じゃないわね。時間《じかん》が経《た》っても赤《あか》いまま。何《なに》かの塗料《とりょう》よ」

バスルームを見渡《みわた》し、シャーリーは断言《だんげん》した。

「問題《もんだい》は、誰《だれ》がどうやって私《わたし》たちに見《み》つからないようにバスルームに入《はい》り込《こ》み、塗料《とりょう》をまき散《ち》らしたかですが――」

と、P《ピー》・P《ピー》・ジュニア。

「これは……？」

アリスは、鏡付《かがみつ》きの洗面台《せんめんだい》の前《まえ》に立《た》った。

バスルーム中《じゅう》が赤《あか》い塗料《とりょう》だらけなのに、洗面台《せんめんだい》の右側《みぎがわ》と、そのすぐそばの壁《かべ》には塗料《とりょう》がついていない。

（この洗面台《せんめんだい》の左側《ひだりがわ》が、ドアみたいに開《ひら》いたら――）

洗面台《せんめんだい》の右側《みぎがわ》は壁《かべ》にピッタリとくっついて、塗料《とりょう》がつかないはずだ。

アリスは洗面台《せんめんだい》の左《ひだり》の角《かど》に手《て》をかけて、引《ひ》っ張《ぱ》ってみる。

すると、思《おも》っていたとおり、洗面台《せんめんだい》が動《うご》き、その向《む》こうに狭《せま》い通路《つうろ》が現《あらわ》れた。

「ここから入《はい》ってきた人物《じんぶつ》が塗料《とりょう》をまいた、ということで間違《まちが》いなさそうですね」

P《ピー》・P《ピー》・ジュニアが通路《つうろ》をペン・ライトで照《て》らす。

アリスがちらりとみた白《しろ》い影《かげ》。あれがおそらく、塗料《とりょう》をまいた犯人《はんにん》だ。

「壁《かべ》の中《なか》に階段《かいだん》？」

通路《つうろ》をのぞき込《こ》んだシャーリーが、よどんだ空気《くうき》に顔《かお》をしかめる。

どうやら通路《つうろ》の先《さき》は、下《した》へと続《つづ》く階段《かいだん》になっているようだ。

「これを持《も》ってきて正解《せいかい》でしたね」

P《ピー》・P《ピー》・ジュニアはライト付《つ》きのヘルメットを取《と》り出《だ》してかぶると、先頭《せんとう》になって階段《かいだん》を下《お》りていった。

「この頑丈《がんじょう》な造《つく》り、第二次世界大戦中《だいにじせかいたいせんちゅう》に作《つく》られた防空壕《ぼうくうごう》のようね」

シャーリーが、あたりを見渡《みわた》しながらつぶやく。

「防空《ぼうくう》……壕《ごう》？」

P《ピー》・P《ピー》・ジュニアの後《うし》ろ、シャーリーの前《まえ》を進《すす》むアリスが振《ふ》り返《かえ》って首《くび》を傾《かし》げた。

「戦争中《せんそうちゅう》、空襲《くうしゅう》を避《さ》けるために作《つく》られた避難所《ひなんじょ》のことですよ」

シャーリーに代《か》わって、P《ピー》・P《ピー》・ジュニアが答《こた》える。

「大戦中《たいせんちゅう》、ドイツ軍《ぐん》の爆撃《ばくげき》でロンドンはかなりの被害《ひがい》を受《う》けたのよ。市民《しみん》は地下鉄《ちかてつ》の駅《えき》に避難《ひなん》したり、防空壕《ぼうくうごう》を作《つく》ったりしたの」

と、シャーリーが説明《せつめい》を付《つ》け加《くわ》えたその時《とき》。

ガタンッ！

という音《おと》とともに、アリスの足元《あしもと》の階段《かいだん》が消《き》えた。

（落《お》とし穴《あな》!?）

アリスの体《からだ》は、真《ま》っ暗《くら》な闇《やみ》の中《なか》へと落《お》ちていった。

アリスはちょっと地味《じみ》でのんびり屋《や》だが、ごく普通《ふつう》の女《おんな》の子《こ》。
でも、『ペンギン探偵社《たんていしゃ》』の探偵見習《たんていみなら》いであることとは別《べつ》に――。
アリスはもうひとつ、普通《ふつう》の女《おんな》の子《こ》とは、ちょっと違《ちが》うところがあった。

不思議《ふしぎ》な指輪《ゆびわ》の力《ちから》を借《か》りて、もうひとりのアリス、水色《みずいろ》ワンピースにトランプ柄《がら》のエプロンをまとった名探偵《めいたんてい》アリス・リドルに変身《へんしん》し、鏡《かがみ》の国《くに》へと行《い》くことができるのだ。

(間《ま》に合《あ》って！)

穴《あな》の底《そこ》にぶつかってペチャンコになる寸前《すんぜん》。

アリスの手《て》は、ポシェットに入《はい》っていた鏡《かがみ》にかろうじて触《ふ》れることができた。

そして、次《つぎ》の瞬間《しゅんかん》。

「アリス・リドル、登場《エンター、アリス・リドル》」

アリスはアリス・リドルとなって、鏡《かがみ》の国《くに》にいた。

しかし――。

「ここは？」

間違《まちが》いなく鏡《かがみ》の国《くに》のはずだが、いつもとはまわりの様子《ようす》が違《ちが》っている。

空《そら》をおおう星々《ほしぼし》のようなきらめきのひとつひとつが、外《そと》の世界《せかい》とつながっている鏡《かがみ》。

という点《てん》は同《おな》じ。

でも、いつもはグランドピアノや書《か》き物机《ものづくえ》がフワフワと浮《う》かぶところに出《で》るのに、今回《こんかい》は大《おお》きな円盤《えんばん》の上《うえ》に乗《の》っていた。もっとくわしく言《い》えば、校庭《こうてい》ぐらいの大《おお》きさの、グルグル回転《かいてん》するルーレット盤《ばん》の上《うえ》にいるのだ。

もしかすると、白瀬市《しらせし》から遠《とお》く離《はな》れたロンドンからこちらに来《き》たせいなのかも知《し》れない。

(やや目《め》が回《まわ》るうえに……迷子《まいご》になったっぽいので……落《お》ち込《こ》む)

アリスはとにかく、座《すわ》り込《こ》んで考《かんが》えをまとめることにした。

鏡《かがみ》の国《くに》では、時間《じかん》の流《なが》れがとても遅《おそ》い。こちらでゆっくり落《お》ち着《つ》いて過《す》ごしていても、外《そと》の世界《せかい》ではほんの数秒《すうびょう》しか経《た》っていないのだ。

(どうして、あんなところに落《お》とし穴《あな》が?)

アリスがぼんやりとそんなことを考《かんが》えていると――。

「あれ〜、こんなところでどうしたの?」

聞《き》き覚《おぼ》えのある声《こえ》が聞《き》こえた。

大《おお》きなタマゴに細《ほそ》い手足《てあし》がついたような姿《すがた》をした、鏡《かがみ》の国《くに》の仕立屋《テイラー》、ハンプティ・ダンプティだ。

ハンプティ・ダンプティは大《おお》きなトランプでできた紙飛行機《かみひこうき》に乗《の》って、アリスのところにやってくる。

「実《じつ》は――」

アリスは落《お》とし穴《あな》に落《お》ちている途中《とちゅう》でこっちに来《き》たことを説明《せつめい》した。

「へ～。それじゃ今《いま》、墜落《ついらく》してる真《ま》っ最中《さいちゅう》なんだ？　たまたまボクがこのあたりにいてよかったね～」

ハンプティ・ダンプティは、紙飛行機《かみひこうき》からルーレット盤《ばん》に飛《と》び移《うつ》る。

「あなたはどうしてここに？」

アリスはたずねた。

「この近《ちか》くに大《おお》おばさんが住《す》んでいて、その非誕生日《なんでもないひ》のお祝《いわ》いに寄《よ》ったんだ」

と、ハンプティ・ダンプティ。

「じゃあ、忙《いそが》しい？」

「気《き》にしないでいいよ。正直《しょうじき》、親戚一同《しんせきいちどう》と過《す》ごすより、お仕事《しごと》してる方《ほう》がずっと気《き》が楽《らく》だもの。エンプティおじさんの、つまらない昔話《むかしばなし》も聞《き》かされないで済《す》むし」

ハンプティ・ダンプティは何《なに》かを思《おも》い出《だ》したのか、深《ふか》いため息《いき》をついた。

「で、今回《こんかい》はどんな服《ふく》が欲《ほ》しいの？」

ハンプティ・ダンプティは気《き》を取《と》り直《なお》してたずねる。

「ええと…………」

3時間《じかん》ほど考《かんが》えてから、アリスはやっと答《こた》えた。

「イギリスで役《やく》に立《た》ちそうな服《ふく》を。できるかな？」

「アリス、アリス」

ハンプティ・ダンプティは人差《ひとさ》し指《ゆび》を立《た》て、舌《した》を鳴《な》らしながら左右《さゆう》に振《ふ》った。

「君《きみ》はまだ分《わ》かってないね。ボクには『できない』って答《こた》えがないことを」

「じゃあ？」

「そう！　できるんです！」

ハンプティ・ダンプティは頷《うなず》くと、いつものように踊《おど》り出《だ》した。

「ヘイッ、レッツ・コ～カス・ダ～ンス！　コ～カス・ダンス、コ～カス・ダ～ンス！

あなたもボクもコ〜カス・ダ〜ンス！」

どこからともなく、針《はり》と糸《いと》、ハサミや布《ぬの》が現《あらわ》れて、ハンプティ・ダンプティの踊《おど》りとリズムを合《あ》わせ、服《ふく》を縫《ぬ》い上《あ》げてゆく。

そして——。

「はい、完成《かんせい》〜」

いくつかの衣装《いしょう》を手《て》に、ハンプティ・ダンプティはアリスに微笑《ほほえ》んで見《み》せた。

「まずはこれ」

ハンプティ・ダンプティが最初《さいしょ》に見《み》せてくれたのは、メイド服《ふく》。

「これを着《き》ていれば、どんなお屋敷《やしき》にだって目立《めだ》たないでもぐり込《こ》めるよ」

「……お屋敷《やしき》にもぐり込《こ》むことはそんなにないかと」

「それとね、イギリスはボクの故郷《こきょう》だから、ちょっと張《は》り切《き》っちゃいました〜」

続《つづ》けて出《だ》してきたのは、私立学校《パブリック・スクール》の制服《せいふく》、警察官《けいさつかん》の制服《せいふく》、宮殿《きゅうでん》の近衛兵《ロイヤルガード》の制服《せいふく》、あとはキルトと呼《よ》ばれるスコットランド、ハイランド地方《ちほう》の民族衣装《みんぞくいしょう》だ。

「あ、ありがとう」

たぶん、このほとんどは着《き》てみる機会《きかい》はないだろうとアリスは思《おも》う。

そんな機会《きかい》、あったらあったで困《こま》りものだ。

「そうだ！　あと、彼《かれ》にも来《き》てもらおうかな～」

ハンプティ・ダンプティはタマゴのような形《かたち》をしたカードを取《と》り出《だ》した。よく見《み》ると、スマートフォンである。

「帽子屋《ぼうしや》、アリスのお仕事《しごと》だよ～、と」

ハンプティ・ダンプティはメッセージを打《う》ち込《こ》んだ。

「帽子屋《ぼうしや》さんも、この近《ちか》くに？」

帽子屋《ぼうしや》というのは、不思議《ふしぎ》な道具《どうぐ》をアリスのために用意《ようい》してくれるアイテム・ショップの店長《てんちょう》である。

「ううん。でも、あいつは仕事熱心《しごとねっしん》だから」

ハンプティ・ダンプティはそう説明《せつめい》すると、アリスと一緒《いっしょ》に帽子屋《ぼうしや》を待《ま》つ。

しばらくすると。

（あれでしょうか）

ルーレットの端《はし》っこの方《ほう》に、こちらに近《ちか》づいてくる黒《くろ》い馬車《ばしゃ》が見《み》えてきた。

ひづめの音《おと》も軽《かろ》やかにやってきた4頭立《とうだ》ての馬車《ばしゃ》は、アリスたちの目《め》の前《まえ》で停《と》まる。

だが、御者台《ぎょしゃだい》にも後《うし》ろの座席《ざせき》にも、帽子屋《ぼうしや》は乗《の》っていない。

どういう理屈《りくつ》かはアリスもよく分《わ》かっていないのだが、本人《ほんにん》やハンプティ・ダンプティの説明《せつめい》では、彼《かれ》のご先祖《せんぞ》が『時間《じかん》』と喧嘩《けんか》したせいで、その一族《いちぞく》は『今《いま》』という時間《じかん》から追《お》い出《だ》されてしまったらしい。

帽子屋《ぼうしや》は過去《かこ》か、でなければ未来《みらい》にこの場所《ばしょ》にいることはできても、今《いま》、アリスの目《め》の前《まえ》に現《あらわ》れることはできないのである。

だから、アリスが帽子屋《ぼうしや》と連絡《れんらく》を取《と》るには、メモ用紙《ようし》かスマートフォンが必要《ひつよう》だ。

ハロー、アリス
君《きみ》に必要《ひつよう》なものを用意《ようい》したよ
馬車《ばしゃ》の後《うし》ろを見《み》て

7
26

アリスのスマートフォンに、帽子屋《ぼうしや》からのメッセージが送《おく》られてくる。
アリスは言《い》われたとおりに扉《とびら》を開《あ》けて馬車《ばしゃ》の後部座席《こうぶざせき》を見《み》る。
そこには1本《ぽん》の日傘《ひがさ》が置《お》かれていた。アリスはそれを受《う》け取《と》り、メッセージを送《おく》る。

この前《まえ》の傘《かさ》とは違《ちが》うのでしょうか？

アリスは前《まえ》にも帽子屋《ぼうしや》に傘《かさ》を作《つく》ってもらったことがあったが、あれは雨傘《あまがさ》だった。

これは改良型《かいりょうがた》
短《みじか》い時間《じかん》なら空《そら》を飛《と》べる

それは確《たし》かに、便利《べんり》かも。

じゃあ、ポイントカードを

アリスは馬車《ばしゃ》の座席《ざせき》にカードを置《お》いた。

「……！」

アリスが一瞬《いっしゅん》、目《め》を離《はな》した隙《すき》に、カードにはスタンプが押《お》されている。

アリスがカードを取《と》ると、馬車《ばしゃ》はまたどこかに帰《かえ》っていった。

「ハンプティ・ダンプティもありがとう」

アリスは元《もと》の世界《せかい》に帰《かえ》ることにする。

「うん、またね、アリス。それから、変身《へんしん》する時《とき》は合《あ》い言葉《ことば》だよ、忘《わす》れないで〜」

「………あう」

できることなら、忘《わす》れたかった。

着替《きが》えるたびに、「ワンダー・チェンジ」と唱《とな》えるのは、けっこう恥《は》ずかしいのだ。

アリスはハンプティ・ダンプティに手《て》を振《ふ》ると、13号室《ごうしつ》のバスルームの鏡《かがみ》から元《もと》の世界《せかい》へと戻《もど》っていった。

「アリス！　無事《ぶじ》なら返事《へんじ》をなさい！　死《し》んでても返事《へんじ》なさい！」

シャーリーは落《お》とし穴《あな》に向《む》かって声《こえ》を張《は》り上《あ》げていた。

P《ピー》・P《ピー》・ジュニアも、暗《くら》い穴《あな》の底《そこ》を心配《しんぱい》そうにのぞき込《こ》んでいる。

「あの～」

アリスはそんな1羽《わ》とひとりの背中《せなか》に声《こえ》をかける。

「アリス！　無事《ぶじ》だったんですね～！」

P《ピー》・P《ピー》・ジュニアは振《ふ》り返《かえ》り、ホッとした顔《かお》を見《み》せた。

「アリス？　この人《ひと》アリスじゃないじゃない？　いきなり現《あらわ》れていったい誰《だれ》？」

シャーリーはアリスを指《ゆび》さして目《め》を丸《まる》くする。

「私《わたし》はアリス。アリス・リドル。日本支社《にっぽんししゃ》のもうひとりのアリス」

アリスはあらためて名乗《なの》る。P《ピー》・P《ピー》・ジュニアは夕星《ゆうずつ》アリスのもうひとつの姿《すがた》であることを知《し》っているが、シャーリーは知《し》らないのだ。

「もうひとり？　夕星《ゆうずつ》アリスはどこに行《い》ったの!?　まさか――！」

シャーリーはアリスに詰《つ》め寄《よ》った。

「大丈夫《だいじょうぶ》。夕星《ゆうずつ》さんは助《たす》けました。今《いま》は……外《そと》で待《ま》っている、ということで」

アリスは説明《せつめい》する。

「まったく！　人《ひと》に心配《しんぱい》かけておいて！」

シャーリーは腰《こし》に手《て》を当《あ》ててアリスをにらんだ。

「しかし、こんなところに巧妙《こうみょう》な罠《わな》が仕掛《しか》けてあるなんて、さすがのこの名探偵《めいたんてい》P《ピー》・P《ピー》・ジュニアも気《き》がつきませんでしたよ」

アリス・リドルのことをいろいろ突《つ》っ込《こ》まれたら面倒《めんどう》だと思《おも》ったのか、P《ピー》・P《ピー》・ジュニアは話題《わだい》を変《か》える。

「……この先《さき》に何《なに》か、人《ひと》に見《み》られたくないものがあるのでは？」

アリスは鏡《かがみ》の国《くに》で考《かんが》えていたことを口《くち》にした。

「私《わたし》も同《おな》じ意見《いけん》よ、アリス・リドル」

シャーリーが頷《うなず》き、アリスに向《む》かって微笑《ほほえ》む。

「あなた、夕星《ゆうずつ》アリスよりは使《つか》えるわね。まあ、どことなく似《に》てる感《かん》じはするけど」

「ともかく、先《さき》に進《すす》みましょう」

アリスたちはいったん戻《もど》って板《いた》を探《さが》してくると、それを穴《あな》の上《うえ》に渡《わた》して先《さき》へと進《すす》んだ。


3階《かい》か4階分《かいぶん》ぐらい階段《かいだん》を下《お》り続《つづ》けると、扉《とびら》があった。

扉《とびら》の向《む》こうからは、かなり大《おお》きな音《おと》が聞《き》こえてくる。

「この音《おと》」

「何《なに》か、機械《きかい》が動《うご》いている感《かん》じの音《おと》ですね」

アリスとP《ピー》・P《ピー》・ジュニアは顔《かお》を見合《みあ》わせる。

「これはもう、確《たし》かめるしかないわね」

シャーリーがほんの少《すこ》し扉《とびら》を開《あ》けて、隙間《すきま》から向《む》こうをのぞく。

裸電球《はだかでんきゅう》の明《あ》かりに照《て》らし出《だ》されているのは、大《おお》きな機械《きかい》だ。

さいわいあたりに人《ひと》の姿《すがた》はないようなので、アリスたちはその部屋《へや》に入《はい》ってみる。

「これは印刷機《いんさつき》ですね」

と、機械《きかい》の前《まえ》に立《た》ったP《ピー》・P《ピー》・ジュニア。次々《つぎつぎ》とその印刷機《いんさつき》が吐《は》き出《だ》しているのは、大《おお》きな1枚《まい》のシートになった100ポンド札《さつ》だ。

「ここが造幣局《ぞうへいきょく》だったとは……」

アリスはシート1枚《まい》が日本円《にほんえん》でいくらになるのか暗算《あんざん》しようとして途中《とちゅう》であきらめた。

「そんな訳《わけ》ないでしょ！　これ、全部《ぜんぶ》ニセ札《さつ》よ！」

シャーリーは紙幣《しへい》のシートの束《たば》をバンッと叩《たた》いた。

その手《て》に、まだ半乾《はんがわ》きのインクがつく。

「じゃあ……ニセ札工場《さつこうじょう》？」

と、アリスが聞《き》き返《かえ》したその時《とき》――。

「あらあら、幽霊《ゆうれい》にビビって逃《に》げ出《だ》していればよかったのに」

背中《せなか》の方《ほう》から、誰《だれ》かの声《こえ》が聞《き》こえてきた。

振《ふ》り返《かえ》ると、黒《くろ》いドレスと仮面《かめん》をつけた女《おんな》の姿《すがた》があった。

「私《わたし》はミス・ゴースト！　スプークス団《だん》の首領《しゅりょう》よ」

女《おんな》は笑《え》みを浮《う》かべて名乗《なの》った。

「スプークス団《だん》？」

聞《き》き覚《おぼ》えのない名前《なまえ》に、P《ピー》・P《ピー》・ジュニアが首《くび》を傾《かし》げる。

「スクープ……スプースク……シュプー……言《い》いにくい」

アリスは舌《した》を噛《か》みそうになった。

「最近《さいきん》、うわさになってる犯罪集団《はんざいしゅうだん》よ。強盗《ごうとう》、恐喝《きょうかつ》、誘拐《ゆうかい》、あらゆる犯罪《はんざい》を繰《く》り返《かえ》しながら、決《けっ》して警察《けいさつ》には捕《つか》まらない。だから幽霊《スプークス》と呼《よ》ばれている」

シャーリーは説明《せつめい》し、ミス・ゴーストをにらみ返《かえ》す。

「なるほど。電磁場測定装置《でんじばそくていそうち》が反応《はんのう》したのは、印刷機《いんさつき》を動《うご》かすのに、大量《たいりょう》の電力《でんりょく》を使《つか》っていたからですね」

P《ピー》・P《ピー》・ジュニアはキラリと瞳《ひとみ》を輝《かがや》かせた。

「気温《きおん》が下《さ》がったのは、印刷機《いんさつき》がオーバーヒートを起《お》こさないように冷《ひ》やすため」

今度《こんど》はシャーリーが解説《かいせつ》する。

「バスルームに現《あらわ》れたのは、あなたの仲間《なかま》の変装《へんそう》。窓《まど》の外《そと》の白《しろ》い影《かげ》は、屋根《やね》の上《うえ》からロープで白《しろ》い布《ぬの》を吊《つ》って振《ふ》って見《み》せた」

そして、最後《さいご》はアリスである。

「大正解《だいせいかい》よ、お嬢《じょう》さんたち。そう、ここはスプークス団《だん》の隠《かく》れ家《が》にして、ニセ札工場《さつこうじょう》」

ミス・ゴーストはゆっくりと手《て》を叩《たた》いた。

「こういう廃墟《はいきょ》ってたま〜にあなたたちみたいな怪奇現象《かいきげんしょう》ファンが紛《まぎ》れ込《こ》んでくるから、幽霊《ゆうれい》の振《ふ》りをして追《お》い返《かえ》していたのよ。……でも、あなたたちは知《し》りすぎちゃったみたいね。悪《わる》いけど消《き》えてもらうわ」

ミス・ゴーストが目《め》を細《ほそ》めると、その後《うし》ろから白《しろ》いシーツをかぶった男《おとこ》たちが現《あらわ》れた。

アリスが昨日《きのう》、バスルームで見《み》かけたのは、この中《なか》のひとりに違《ちが》いない。

アリスはこっそりと手《て》を背中《せなか》に回《まわ》し、ポシェットからスマートフォンを取《と》り出《だ》した。

このスマートフォンには、危機一髪《ききいっぱつ》の時《とき》のために、帽子屋《ぼうしや》がくれた七《なな》つ道具《どうぐ》のアプリが入《はい》っているのだ。

「あなたたちにはテムズ川《がわ》に沈《しず》んでもらうわ」

ミス・ゴーストはそう告《つ》げると、シーツをかぶった男《おとこ》たちに目《め》で合図《あいず》した。

ロープを手《て》にした男《おとこ》たちが、アリスたちに近《ちか》づいてくる。

と、そこに。

「お嬢様《じょうさま》～っ！　ご無事《ぶじ》ですか～！」

ゴルフクラブを振《ふ》り回《まわ》しながら、ハンブリーがこの地下《ちか》ニセ札工場《さつこうじょう》に飛《と》び込《こ》んできた。

「まだ仲間《なかま》が！」

振《ふ》り返《かえ》るミス・ゴースト。

「今《いま》です！」

P《ピー》・P《ピー》・ジュニアが叫《さけ》ぶと同時《どうじ》に、アリスはスマートフォンのハートのアイコンをタッチした。

「フラッシュ・ボム！」

スマートフォンからまぶしい白《しろ》い光《ひかり》が放《はな》たれ、あたりを包《つつ》み込《こ》む。

「大氷原回転《だいひょうげんかいてん》アタ～ック！」

ひるんだスプークス団《だん》に、P《ピー》・P《ピー》・ジュニアが体当《たいあ》たりをかけた。

「おとなしく捕《つか》まることね！」

シャーリーの跳《と》び蹴《げ》りを食《く》らい、ミス・ゴーストもダウンする。

スプークス団全員《だんぜんいん》が床《ゆか》にのびるまで、10秒《びょう》もかからなかった。

シャーリーはあらかじめ、1時間《じかん》して自分《じぶん》が戻《もど》らなければ、警察《けいさつ》に連絡《れんらく》してから捜《さが》しに来《く》るようにハンブリーに命《めい》じていたらしい。スプークス団《だん》を縛《しば》り上《あ》げて外《そと》に出《で》ると、そこには青《あお》と黄色《きいろ》の帯《おび》が特徴《とくちょう》のロンドン警視庁《けいしちょう》のパトカーと、警官《けいかん》たちが集《あつ》まっていた。

「それじゃあ、警察《けいさつ》への説明《せつめい》は私《わたし》がするわね」

シャーリーはハンブリーの運転《うんてん》する車《くるま》で、近《ちか》くの警察署《けいさつしょ》に向《む》かう。みんながホテルの前《まえ》からいなくなって静《しず》かになると、P《ピー》・P《ピー》・ジュニアはクチバシを開《ひら》いてあくびした。

「ようやく、安心《あんしん》して眠《ねむ》れますよ」

「……ですね」

アリスとP《ピー》・P《ピー》・ジュニアは、ひと休《やす》みするためホテルに戻《もど》ることにする。

ところが――。

「？」

アリスが押《お》しても、ホテルの扉《とびら》は開《あ》かなかった。

「あれ、開《あ》きませんね？」

P《ピー》・P《ピー》・ジュニアも力《ちから》いっぱい押《お》してみたが、ビクともしない。

「……しょ～」

アリスはホテル全体《ぜんたい》を見渡《みわた》して首《くび》を傾《かし》げると、P《ピー》・P《ピー》・ジュニアに言《い》った。

「このホテル、さっきまでより、もっとオンボロになっている気《き》が？」

確《たし》かに。

明《あ》かりはすべて消《き》え、壁《かべ》はすすけてひびが入《はい》り、窓《まど》には木《き》の板《いた》が打《う》ちつけてある。

（そう言《い》えば——）

アリスはミス・ゴーストがこの建物《たてもの》のことを「廃墟《はいきょ》」と呼《よ》んでいたことを思《おも》い出《だ》した。

「グレゴリーさ～ん！」

P《ピー》・P《ピー》・ジュニアはノックしながら呼《よ》びかけてみたが、返事《へんじ》はない。

「……あの～」

アリスはたまたま前《まえ》を通《とお》りかかった近所《きんじょ》の住民《じゅうみん》らしい老人《ろうじん》に聞《き》いてみる。

「このホテルって？」

「ホテル？　ここはもうホテルとしては使《つか》われておらんよ。ロンドン空襲《くうしゅう》で火事《かじ》にあって、そのままになっておる」

老人《ろうじん》は不思議《ふしぎ》そうな顔《かお》をして肩《かた》をすくめた。

ロンドン空襲《くうしゅう》というのは第二次世界大戦《だいにじせかいたいせん》の時《とき》のことだから、もう何十年《なんじゅうねん》も前《まえ》の話《はなし》だ。

「つまり私《わたし》たちは――」

老人《ろうじん》が去《さ》ると、P《ピー》・P《ピー》・ジュニアはクチバシを震《ふる》わせてアリスを見上《みあ》げた。

「やっているはずのないホテルに泊《と》まったということでしょうか？」

「まさか？」

と、そこに。

「どうかいたしましたか？」

ふたりの背後《はいご》で声《こえ》がした。

ビクッとして振《ふ》り返《かえ》ると、そこに立《た》っていたのはグレゴリーだった。

「どこか出《で》かけていたんですか？　鍵《かぎ》が閉《し》まってるんで、びっくりしましたよ」

P《ピー》・P《ピー》・ジュニアは、ホッとした顔《かお》になる。

「それは申《もう》し訳《わけ》ない。ホテルの恩人《おんじん》を驚《おどろ》かせてしまいましたね」

グレゴリーは頭《あたま》を下《さ》げた。

「……？」

アリスは「恩人《おんじん》」という言葉《ことば》が引《ひ》っかかり、グレゴリーを見《み》つめる。

グレゴリーは出《で》かけていた。

だとしたら、さっきホテルで何《なに》があったのかを知《し》らないはずだからだ。

「実《じつ》は――」

グレゴリーは続《つづ》けた。

「しばらく前《まえ》からあの連中《れんちゅう》が私《わたし》たちのホテルに勝手《かって》に住《す》み着《つ》いて、迷惑《めいわく》していたんです」

「もしかすると、私《わたし》たちがこちらのホテルに来《く》るように予約《よやく》を変更《へんこう》したのは？」

「左様《さよう》、私《わたし》どもです」

P《ピー》・P《ピー》・ジュニアの質問《しつもん》に、グレゴリーは胸《むね》に手《て》を当《あ》ててお辞儀《じぎ》する。

「……スプークス団《だん》に気《き》がついていたのに、警察《けいさつ》に報《しら》せなかったんですか？」

アリスは不思議《ふしぎ》に思《おも》ってたずねた。

「報《しら》せるのは無理《むり》なんですよ。私《わたし》らはこういう姿《すがた》ですから」

グレゴリーは、近《ちか》くの街灯《がいとう》の柱《はしら》に手《て》を伸《の》ばした。

すると、アリスの目《め》には信《しん》じられないことが起《お》こった。

青白《あおじろ》い手《て》が、鉄製《てっせい》の柱《はしら》をす〜っと通《とお》り抜《ぬ》けたのだ。

「じ、じ、じゃあ、あなたは〜？」

P《ピー》・P《ピー》・ジュニアはヒレを振《ふ》り回《まわ》し、クチバシをパクパクと開《ひら》く。

「……本当《ほんとう》の……幽霊《ゆうれい》さん？」

アリスはやっとの思《おも》いで言《い》った。

「ということになりますなあ」

グレゴリーはそう笑《わら》ってみせる。

「ありがとうございました。おかげで我々《われわれ》も、安《やす》らかに眠《ねむ》れるというもの――」

グレゴリーの体《からだ》はだんだん薄《うす》くなり、夜《よる》の霧《きり》にとけ込《こ》むように透明《とうめい》になってゆく。

そして、人魂《ひとだま》のような光《ひかり》のかたまりとなると、壁《かべ》を通《とお》り抜《ぬ》け、ホテルの中《なか》へと消《き》えた。

「では、またいつか。我々《われわれ》はあなた方《がた》を歓迎《かんげい》しますよ。わはははははは〜！」

不気味《ぶきみ》な低《ひく》い笑《わら》い声《ごえ》が、扉《とびら》をへだてた向《む》こうから聞《き》こえてくる。

「……………………」

「……………………」

アリスとP《ピー》・P《ピー》・ジュニアは顔《かお》を見合《みあ》わせると――。

次《つぎ》の瞬間《しゅんかん》、明《あか》るい表通《おもてどお》りに向《む》かって走《はし》り出《だ》していた。


15分後《ふんご》。

タクシーから降《お》りたアリスたちは、ベーカー街《がい》221B《ビー》の玄関《げんかん》のベルを押《お》していた。

「……まったく誰《だれ》、こんな時間《じかん》に？」

目《め》をこすりながらドアを開《ひら》いたのは、シャーリーである。

「泊《と》めてください」

アリスとP《ピー》・P《ピー》・ジュニアは、強《こわ》ばった顔《かお》でニコ〜ッと笑《わら》って見《み》せるのだった。

ファイル・ナンバー 1

ミイラの呪《のろ》い

ここはイギリスの首都《しゅと》ロンドン。

時間《じかん》は昼少《ひるすこ》し前《まえ》（日本時間《にっぽんじかん》の午後《ごご》7時《じ》30分《ぷん》）。

「……やっぱり……ねもい」

トロンとした目《め》のアリスは、ロンドン支社《ししゃ》の第《だい》8研修室《けんしゅうしつ》でつぶやいていた。

アリスたちは昨晩《さくばん》、シャーリーの家《いえ》に泊《と》まらせてもらったのだが、午前《ごぜん》6時《じ》に叩《たた》き起《お》こされ、2時間後《じかんご》にはこの部屋《へや》に引《ひ》っ張《ぱ》り込《こ》まれていた。

睡眠時間《すいみんじかん》は、せいぜい3時間《じかん》ぐらいだ。

それでもここまで頑張《がんば》って研修《けんしゅう》を受《う》けていたのだが、そろそろ限界《げんかい》である。

「……ひたすらねもい」

アリスはさっきから何度《なんど》も目《め》をこすりながら、コックリコックリしかけている。

「人《ひと》の家《いえ》に泊《と》まったうえに、山《やま》ほど朝食《ちょうしょく》食《た》べておいて、いい度胸《どきょう》だわ、夕星《ゆうずつ》アリス」

メガネにスーツ姿《すがた》のシャーリーは、アリスをにらんだ。

「朝《あさ》ご飯《はん》、おいしゅうございました」

アリスはシャーリーに手《て》を合《あ》わせた。

今朝《けさ》のメニューは、典型的《てんけいてき》な英国風朝食《イングリッシュ・ブレックファスト》。

こんがり焼《や》いたトーストと、ベイクド・ビーンズにハッシュド・ポテト、スクランブル・エッグにベーコン、焼《や》きマッシュルーム、焼《や》きトマト、紅茶《こうちゃ》とフレッシュ・ジュース。

まるで一流《いちりゅう》ホテルのようなメニューだった。

「そもそもあなた、昨日《きのう》は落《お》とし穴《あな》に落《お》ちて、一番肝心《いちばんかんじん》な時《とき》にいなかったじゃない？」

シャーリーの非難《ひなん》の視線《しせん》が、アリスに突《つ》き刺《さ》さる。

「面目《めんぼく》ありません」

アリスはひたすら謝《あやま》るしかない。本当《ほんとう》はアリス・リドルになってその場《ば》にいたのだが、そのことを話《はな》すわけにはいかないからだ。

「ところで、アリス・リドルはどこ？　昨日《きのう》、いつの間《ま》にか姿《すがた》を消《け》してそれっきりだけど？」

シャーリーは眉《まゆ》をひそめた。

「アリス・リドルは神出鬼没《しんしゅつきぼつ》なんですよ」

と、P《ピー》・P《ピー》・ジュニアがアリスに代《か》わって説明《せつめい》してくれる。

「ま、いいわ。とにかく――」

シャーリーはずり落《お》ちかけたメガネを直《なお》し、教科書《きょうかしょ》を開《ひら》いた。

「まずは、警察情報《けいさつじょうほう》の有効的《ゆうこうてき》な活用法《かつようほう》から勉強《べんきょう》するわよ。いい？」

シャーリーもアリスと同《おな》じぐらいしか寝《ね》ていないはずだが、朝《あさ》っぱらから元気《げんき》である。

「ふぁい、先生《せんせい》」

アリスはノート型《がた》パソコンを開《ひら》きながら、あくびまじりで頷《うなず》く。

「よいしょっと」

P《ピー》・P《ピー》・ジュニアも、ロンドン支社《ししゃ》から借《か》りているパソコンの電源《でんげん》を入《い》れる。

「……何《なん》なの、この緊張感《きんちょうかん》のなさ」

シャーリーはこめかみを押《お》さえ、首《くび》を横《よこ》に振《ふ》りながらも研修《けんしゅう》を続《つづ》ける。

「教科書《きょうかしょ》35ページ。監視《かんし》カメラ映像《えいぞう》の時系列的情報統合《じけいれつてきじょうほうとうごう》による犯人追跡《はんにんついせき》」

「監視《かんし》カメラの？？？？？」

後半《こうはん》、まったく意味《いみ》が分《わ》からなかった。

「しょ〜、分《わ》かる？」

アリスはＰ《ピー》・Ｐ《ピー》・ジュニアに小声《こごえ》で助《たす》けを求《もと》める。

「よく海外《かいがい》ドラマとかで見《み》るやつじゃないですか？」

答《こた》えるＰ《ピー》・Ｐ《ピー》・ジュニアも、あんまり当《あ》てにはならない。

「はい、私語《しご》は慎《つつし》んで！　こっちに注目《ちゅうもく》〜っ！　日本《にっぽん》でもそうだと思《おも》うけど、このロンドンにはテロリストや犯罪者《はんざいしゃ》から市民《しみん》を守《まも》るために、街中《まちじゅう》に監視《かんし》カメラがあるの。その監視《かんし》カメラの映像《えいぞう》をたどって、犯人《はんにん》がどういう道《みち》を通《とお》って逃《に》げたかを突《つ》き止《と》めるのよ」

マーカーを握《にぎ》ったシャーリーは、ホワイトボードを難《むずか》しい単語《たんご》で埋《う》めてゆく。

「……はあ」

「そうなんですか？」

アリスもP《ピー》・P《ピー》・ジュニアも、目《め》を白黒《しろくろ》させるだけだ。

「ずいぶん分《わ》かりやすく説明《せつめい》してるつもりなんだけど？」

シャーリーはため息《いき》をつき、ともかく話《はなし》を進《すす》める。

「それじゃ、実際《じっさい》にやってみましょう。そのパソコンからロンドン警視庁交通課《けいしちょうこうつうか》のデータベースに侵入《しんにゅう》して」

「…………」

「…………」

アリスとP《ピー》・P《ピー》・ジュニアは、またもや顔《かお》を見合《みあ》わせた。

「どうやるので？」

怒《おこ》られそうで怖《こわ》かったが、アリスは思《おも》い切《き》ってそうたずねた。

「えっ？」

シャーリーの目《め》がまん丸《まる》になった。

「信《しん》じられないわ！　警察《けいさつ》の情報《じょうほう》システムに侵入《しんにゅう》できないの？　探偵《たんてい》の基本技能《きほんぎのう》よ？」

案《あん》の定《じょう》、怒《おこ》られた。

「IT《アイティー》は苦手《にがて》なもので」

それでなくても苦手《にがて》なことがたくさんあるアリスは身《み》を縮《ちぢ》ませる。

そもそもアリスは最近《さいきん》まで、IT《アイティー》というのが情報技術《インフォメーション・テクノロジー》の略《りゃく》だということを知《し》らなかった。

たぶん、『インターネット何《なん》とか』だろうなあ、くらいにしか思《おも》っておらず、ついこの間《あいだ》、琉生《るい》に教《おし》えてもらって知《し》ったのだ。

「つたく、情《なさ》けない」

シャーリーはワナワナと手《て》を震《ふる》わせる。

「あなたたち、その調子《ちょうし》で今《いま》までどうやって捜査《そうさ》してきたのよ!?」

「それは——直感《ちょっかん》と推理《すいり》、それに愛《あい》と勇気《ゆうき》です！」

P《ピー》・P《ピー》・ジュニアは胸《むね》を張《は》った。

「……あと、運《うん》」

アリスは付《つ》け足《た》す。

「研修《けんしゅう》が必要《ひつよう》な理由《りゆう》がよ〜く分《わ》かったわ。その調子《ちょうし》だと、あなたたちが解決《かいけつ》できた事件《じけん》なんてつまんない簡単《かんたん》なものばかりなんでしょうね？」

シャーリーはパソコンを操作《そうさ》して、アリスたちが今《いま》まで関《かか》わってきた事件《じけん》のファイルを開《ひら》いた。

「ふうん。ハイホ〜・ハイテク強盗団《ごうとうだん》にダム＆ディー、ヴォイス・スティーラー、怪盗赤《かいとうあか》ずきん——これは知《し》らないわ。きっと三流《さんりゅう》のドロボーね——」

シャーリーが眉《まゆ》をひそめたその時《とき》。

マナー・モードにしてあったP《ピー》・P《ピー》・ジュニアのスマートフォンが、机《つくえ》の上《うえ》でブルルルルッと振動《しんどう》した。

「はい？」

シャーリーの目《め》を気《き》にしつつも、P《ピー》・P《ピー》・ジュニアは電話《でんわ》に出《で》る。

『ペンちゃ〜ん！　ロンドンに行《い》ってるってほんと〜っ！』

大《おお》きな声《こえ》がアリスにも聞《き》こえた。

「……うわあ」

P《ピー》・P《ピー》・ジュニアの顔《かお》が強《こわ》ばる。声《こえ》の主《ぬし》は、さっき、シャーリーが三流《さんりゅう》のドロボーだと断言《だんげん》したばかりの怪盗赤《かいとうあか》ずきんだったのだ。

『ど〜してあたしを連《つ》れてってくれないのよ⁉　ケチ〜ッ！』

「あなたね！　逆《ぎゃく》に聞《き》きますが、どうして探偵《たんてい》の私《わたし》が、犯罪者《はんざいしゃ》のあなたを連《つ》れてかなきゃならないんですか⁉」

『え〜っ⁉　だって友《とも》だちじゃん？』

「友《とも》だちになった覚《おぼ》えはありませ〜ん」

P《ピー》・P《ピー》・ジュニアは、スマートフォンに向《む》かってべ〜ッと舌《した》を出《だ》す。

「あなたたち、犯罪者《はんざいしゃ》となれ合《あ》っているの？」

この会話《かいわ》を聞《き》いて、シャーリーの顔《かお》がさらにきびしくなった。

『……え？　今《いま》の誰《だれ》？　誰《だれ》の声《こえ》？　英語《えいご》じゃん、かっこいい〜！』

「もう切《き》っていいですか？　こっちは忙《いそが》しいんですよ」

『そうなの？　あたしヒマ〜。今日《きょう》は珍《めずら》しく宿題出《しゅくだいで》てないしさ〜。そうそう、アリスもいるんでしょ？　アリス〜、おみやげ忘《わす》れないでよ〜！　あとね〜』

赤《あか》ずきんのおしゃべりはまだまだ続《つづ》きそうだ。

「…………バッテリーがもったいないですね」

プチ。

P《ピー》・P《ピー》・ジュニアは電話《でんわ》を切《き》り、電源《でんげん》までオフにした。

ブルルルル！

今度《こんど》はアリスのスマートフォンが振動《しんどう》した。

でも、今《いま》、出《で》ようものならシャーリーが怖《こわ》い。

(仕方《しかた》ないので、おみやげを買《か》って帰《かえ》ることに)

アリスはそう決《き》め、P《ピー》・P《ピー》・ジュニアと同《おな》じように電源《でんげん》をオフにすると、せき払《ばら》いしてシャーリーの方《ほう》を見《み》る。

「続《つづ》きをどうぞ」

「そ、そうね。……ええっと、あなたたちが相手《あいて》にしてきた悪党《あくとう》の話《はなし》だったわよね？ あとは海賊《かいぞく》シルヴァー、ヘンゼルとグレーテル、サイクロプス大佐《たいさ》、まあ、大《たい》したことはないわ…………………ちょ、ちょっと!? これ、どういうこと!?」

事件《じけん》ファイルのリストを目《め》で追《お》っていたシャーリーは、ある名前《なまえ》に目《め》をとめると、険《けわ》しい表情《ひょうじょう》になった。

「冗談《じょうだん》でしょ⁉　ウィルとジェイのグリム兄弟《きょうだい》！　あなたたち、あのふたりと戦《たたか》ったことがあるの⁉」

「ああ、あの連中《れんちゅう》」

P《ピー》・P《ピー》・ジュニアは、心底《しんそこ》うんざりという顔《かお》をした。

グリム兄弟《きょうだい》は、常《つね》に国際刑事警察機構《インターポール》の指名手配《しめいてはい》リストのトップにいる犯罪《はんざい》コンサルタント。アリスたちは何度《なんど》か、この兄弟《きょうだい》と対決《たいけつ》したことがあるのだ。

「あいつら、しつこいんですよね〜。私《わたし》たちをライバル扱《あつか》いして」

と、P《ピー》・P《ピー》・ジュニア。

「な、な、な、納得《なっとく》できないわ！　グリム兄弟《きょうだい》っていえば、犯罪界《はんざいかい》のプリンスよ！　それが、間抜《まぬ》けなあなたたちのライバルだなんて！」

顔《かお》を真《ま》っ赤《か》にしたシャーリーは、アリスたちに詰《つ》め寄《よ》った。

「何《なに》かの間違《まちが》いよ、そうでしょ⁉」

「私《わたし》もつねづね、そう思《おも》っていました」

アリスもまったく同感《どうかん》である。

「ふざけないで！　グリム兄弟《きょうだい》のライバルは、この私《わたし》、天才探偵《てんさいたんてい》のシャーリー・ホームズであるべきでしょう⁉　おかしいわよ、こんなの！」

グッと身《み》を乗《の》り出《だ》したシャーリーは、親指《おやゆび》を立《た》てて自分《じぶん》を指《ゆび》さした。

「私《わたし》はあなたたちを認《みと》めない！　いいわ、どっちがグリム兄弟《きょうだい》のライバルにふさわしい名《めい》探偵《たんてい》か、証明《しょうめい》してあげる！」

「どうやって？」

P《ピー》・P《ピー》・ジュニアが肩《かた》をすくめる。

「そうね――」

シャーリーはちょっと考《かんが》えてから続《つづ》けた。

「こういうのはどうかしら？　このロンドンで最近起《さいきんお》こった未解決事件《みかいけつじけん》の中《なか》からひとつずつ選《えら》び、どちらが先《さき》に犯人《はんにん》を見《み》つけるかで勝負《しょうぶ》を決《き》めるの」

「嫌《いや》です」

「つつしんでお断《ことわ》りします」

P《ピー》・P《ピー》・ジュニアとアリスは、同《おな》じリズムで首《くび》を左右《さゆう》に振《ふ》った。

そもそもアリスもP《ピー》・P《ピー》・ジュニアも、グリム兄弟《きょうだい》のライバルでいたいわけではない。できることなら、あまりあのふたりとは関《かか》わりたくない、というのが本音《ほんね》だ。

「って、どうしてよ!?　ここは堂々《どうどう》と挑戦《ちょうせん》に応《おう》じる場面《ばめん》でしょ!?」

意気込《いきご》んでいたシャーリーは、ふたりの返事《へんじ》に拍子抜《ひょうしぬ》けした表情《ひょうじょう》を浮《う》かべた。

「だって、私《わたし》たち、これからランチタイムですから」

P《ピー》・P《ピー》・ジュニアの右《みぎ》のヒレが、壁《かべ》の時計《とけい》を指《ゆび》さす。

「ランチは大事《だいじ》です」

アリスもこぶしを握《にぎ》りしめて頷《うなず》いた。

「――特《とく》に今日《きょう》は、フィッシュ・アンド・チップスの予定《よてい》なので」

世界的《せかいてき》に、イギリスはあまり料理《りょうり》のおいしい国《くに》だとは思《おも》われていない。

だけど、フィッシュ・アンド・チップス――白身魚《しろみざかな》とポテトのフライ――だけはおいしいと、アリスは出発前《しゅっぱつまえ》にリリカから聞《き》かされていたのだ。

「くっ！　分《わ》かったわ、これから研修《けんしゅう》の最終日《さいしゅうび》まで、お昼《ひる》は毎日《まいにち》フィッシュ・アンド・チップスをおごってあげる！　だから勝負《しょうぶ》しなさい！」

「そういうことなら」

「喜《よろこ》んで」

アリスとP《ピー》・P《ピー》・ジュニアは、今度《こんど》は一緒《いっしょ》に首《くび》を縦《たて》に振《ふ》る。

「ハンブリー！」

シャーリーはパチンと指《ゆび》を鳴《な》らし、執事《しつじ》ペンギンを呼《よ》んだ。

「はい、お嬢様《じょうさま》」

どこをどう見《み》ても支社長《ししゃちょう》のG《ジー》・B《ビー》・キングそっくり。

違《ちが》いは口《くち》ひげと蝶《ちょう》ネクタイだけという執事《しつじ》、ハンブリーが研修室《けんしゅうしつ》に入《はい》ってきた。

「この2週間以内《しゅうかんいない》の、未解決事件《みかいけつじけん》のファイルを」

スマートフォンを出《だ》しながらシャーリーは命《めい》じる。

「はい、お嬢様《じょうさま》」

ハンブリーは、自分《じぶん》のスマートフォンからデータをシャーリーのスマートフォンへと送《おく》った。

シャーリーは液晶画面《えきしょうがめん》の上《うえ》で指《ゆび》を滑《すべ》らせ、ファイルに目《め》を通《とお》す。

「……事件《じけん》のファイル、ロンドン支社《ししゃ》だと紙《かみ》じゃないんですね」

「……ハイテクです」

日本支社《にっぽんししゃ》では、ファイルはまだ紙《かみ》だ。

P《ピー》・P《ピー》・ジュニアとアリスは感心《かんしん》する。

「これじゃない……これでもない……これも違《ちが》う……これよ！」

ものすごい速《はや》さでデータを見《み》ていたシャーリーは、やがてあるファイルに目《め》をとめた。

「貴金属《ききんぞく》の連続盗難事件《れんぞくとうなんじけん》。盗《ぬす》まれたのはダイヤなどの宝石類《ほうせきるい》で、犯行時間《はんこうじかん》はだいたい深夜《しんや》午前《ごぜん》0時《じ》から3時《じ》にかけて、目撃情報《もくげきじょうほう》はなし。私《わたし》が解決《かいけつ》する事件《じけん》は、これにするわ。そして――」

シャーリーは宣言《せんげん》すると、次《つぎ》にアリスたちが捜査《そうさ》する事件《じけん》を探《さが》す。

「あなたたちの担当《たんとう》する事件《じけん》は、ええっと……これがいいわね」

事件《じけん》のデータ・ファイルが、アリスたちのスマートフォンに送《おく》られてきた。

ファイルには『包帯《ほうたい》の怪人《かいじん》』事件《じけん》とタイトルがつけられている。

ちなみに、内容《ないよう》を見《み》てみると――。

深夜《しんや》、顔《かお》に包帯《ほうたい》を巻《ま》いた男《おとこ》がロンドンのあちこちで人《ひと》を襲《おそ》っている、という事件《じけん》らしい。

「ピキ〜ッ！　これってど〜見《み》ても変質者《へんしつしゃ》の犯行《はんこう》ですよ！　そっちはかっこいい盗難事件《とうなんじけん》で、こっちは変質者《へんしつしゃ》！　不公平《ふこうへい》じゃないですか⁉　私《わたし》たちの事件《じけん》は、私《わたし》たちに選《えら》ばせてください！」

P《ピー》・P《ピー》・ジュニアは飛《と》び上《あ》がって抗議《こうぎ》する。

「お黙《サイレンス》りなさい。選《えら》ぶのはこの私《わたし》。簡単《かんたん》そうな事件《じけん》をやらせてあげるんだから、むしろ感《かん》謝《しゃ》すべきでしょ？」

シャーリーは相手《あいて》にせず、アリスを指《ゆび》さした。

「だいたい、どの事件《じけん》にするか、その子《こ》に選《えら》ばせてごらんなさい、半年《はんとし》かかっても決《き》まらないから」

「……ごもっともです」

確《たし》かに、アリスはお昼《ひる》に何《なに》を食《た》べるのか決《き》めるのに、夕方《ゆうがた》までかかったりする。

「タイム・リミットは……そうね、明日《あした》の夜明《よあ》けまで」

シャーリーは、期限《きげん》まで勝手《かって》に決《き》めた。

「ずいぶんと短《みじか》い時間《じかん》ですね」

P《ピー》・P《ピー》・ジュニアはやっぱり不満《ふまん》げだ。

(どんどん勝手《かって》に話《はなし》が進《すす》んでいくので……落《お》ち込《こ》む)

もちろん、アリスも肩《かた》を落《お》とす。

「とにかくゲーム・スタートよ！」

シャーリーはさっそく研修室《けんしゅうしつ》を飛《と》び出《だ》していった。

「お嬢様《じょうさま》、そう急《いそ》がれないでくださいませ〜」

ハンブリーはアリスたちに一礼《いちれい》してから、シャーリーの後《あと》を追《お》う。

「……研修《けんしゅう》はどうなるのでしょうか？」

「さあ？」

残《のこ》されたアリスとP《ピー》・P《ピー》・ジュニアは、顔《かお》を見合《みあ》わせるしかなかった。


午後《ごご》1時《じ》。

アリスたちは、『首吊《くびつ》り亭《てい》』という名前《なまえ》の「パブ」にいた。

「パブ」というのは、食堂《しょくどう》と酒場《さかば》を一緒《いっしょ》にしたような店《みせ》のこと。30分《ぷん》ほど前《まえ》にシャーリーが、フィッシュ・アンド・チップスならここで食《た》べるように、とメッセージを送《おく》ってきたのだ。

お昼《ひる》をおごる、という約束《やくそく》を思《おも》い出《だ》したようだ。

「ししょ〜、この事件《じけん》、解決《かいけつ》できそう？」

アリスはスマートフォンの画面《がめん》で『包帯《ほうたい》の怪人《かいじん》』事件《じけん》のファイルを見《み》ながら、紅茶《こうちゃ》にたっぷりとミルクを入《い》れた。

「雲《くも》をつかむようですね。だいたい、私《わたし》たちはロンドンの街《まち》にくわしくないんですから、かなり不利《ふり》ですよ」

難《むずか》しい顔《かお》をするP《ピー》・P《ピー》・ジュニアの前《まえ》には、山《やま》のようなフィッシュ・アンド・チップスが置《お》かれている。店《みせ》の主人《しゅじん》に聞《き》いたら、シャーリーのおごりとのことだったので、ここぞとばかりに10人前《にんまえ》も注文《ちゅうもん》したのだ。

(落《お》ち込《こ》みから……やや回復《かいふく》)

テーブルに置《お》いてある酢《ビネガー》をかけると、フィッシュ・フライはさっぱりしておいしかった。

付《つ》け合《あ》わせのグリーン・ピースのマッシュもなかなかだ。

「さすがの変質者《へんしつしゃ》も、昼間《ひるま》からは現《あらわ》れないので――」

「そうですね。被害者《ひがいしゃ》は5人《にん》。聞《き》き込《こ》みにでも行《い》きますか」

P《ピー》・P《ピー》・ジュニアはスマートフォンをしまう。

「まずはこれを――」

「食《た》べ終《お》わってから」

ひとりと1羽《わ》は当面《とうめん》、フィッシュ・アンド・チップスに集中《しゅうちゅう》することに決《き》めた。


被害者《ひがいしゃ》のひとり、ミス・マギー・ミレンは、ロンドン郊外《こうがい》の小《ちい》さな家《いえ》に住《す》んでいた。

「ワンダー・チェンジ！」

アリスは合《あ》い言葉《ことば》を――仕方《しかた》なく――唱《とな》え、ロンドン警察《けいさつ》の警官《けいかん》の制服姿《せいふくすがた》になって、ミス・ミレンの家《いえ》を訪《たず》ねた。

警官《けいかん》が相手《あいて》なら、口《くち》を開《ひら》いてくれると思《おも》ったのだ。

「あらあら、あの事件《じけん》の話《はなし》？」

今年《ことし》82歳《さい》になるミス・ミレンは喜《よろこ》んでアリスたちを招《まね》き入《い》れ、話《はな》してくれた。

「あの夜《よる》は、そうねえ、お芝居《しばい》を見《み》た帰《かえ》りにパブに寄《よ》って、終電《しゅうでん》に間《ま》に合《あ》わなくなったからタクシーを拾《ひろ》おうとピカデリー・サーカスの方《ほう》に歩《ある》いたの」

ピカデリー・サーカスは、別《べつ》に空中《くうちゅう》ブランコや綱渡《つなわた》りをやっている場所《ばしょ》ではない。

ロンドンの大《おお》きな繁華街《はんかがい》だ。

「そうしたら突然《とつぜん》、男《おとこ》が飛《と》び出《だ》してきて私《わたし》にぶつかったのよ。それが謝《あやま》りもしないで失礼《しつれい》でしょう？　で、顔《かお》を見《み》たら、それがまあ、汚《よご》れた包帯《ほうたい》だらけ。私《わたし》、びっくりしたから、このバッグで2、3回《かい》――いいえ、60回《かい》ぐらい叩《たた》いてやったわ。そのおかげで逃《に》げていったけど、生《い》きた心地《ここち》がしなかったわねえ。寿命《じゅみょう》が50年《ねん》ぐらい、縮《ちぢ》んだ感《かん》じよ」

ミス・ミレンはウキウキした調子《ちょうし》で語《かた》った。

「別《べつ》に変身《へんしん》する必要《ひつよう》もなかったかも知《し》れませんね。このおしゃべりさん、きっと近所《きんじょ》の人《ひと》たちにも喜《よろこ》んでこの話《はなし》をしてますよ」

「そのとおりかと」

出《だ》された紅茶《こうちゃ》とプラム・プディングを味《あじ》わいながら、1羽《わ》とひとりはコソコソ話《はな》す。

「何《なに》か気《き》がついたことは？」

アリスはミス・ミレンに質問《しつもん》した。

「そうねえ」

ミス・ミレンは肩《かた》をすくめる。

「あの人《ひと》の体《からだ》から、何《なに》か鼻《はな》につくような匂《にお》いがしたわねえ。悪《わる》い匂《にお》いというより消毒《しょうどく》に使《つか》うような匂《にお》いなんだけど……。それより聞《き》いてちょうだい――」

結局《けっきょく》、たっぷり2時間《じかん》。

アリスたちはひ孫《まご》の自慢話《じまんばなし》まで聞《き》かされた。


「収穫《しゅうかく》、なしです」

アリスたちは、フィッシュ・アンド・チップスを食《た》べたパブ『首吊り亭《くびつてい》』に戻《もど》ってきていた。

他《ほか》の被害者《ひがいしゃ》にも話《はなし》を聞《き》いてみたが、みんな、通《とお》りがかりにぶつかったとか、目《め》が合《あ》ったとか、あまり怪人《かいじん》にひどい目《め》にあわされた、という感《かん》じではない。

共通《きょうつう》していたのが深夜《しんや》だったことと、妙《みょう》な匂《にお》いがしたことだけ。

包帯《ほうたい》の怪人《かいじん》は、誰《だれ》かに危害《きがい》を加《くわ》えようとしていたわけではなさそうだ。

「これ、事件《じけん》じゃないような気《き》がしてきました」

P《ピー》・P《ピー》・ジュニアは、ガッカリしたようにため息《いき》をついた。

「変《か》わった人《ひと》が目撃《もくげき》されただけ、の話《はなし》のような」

アリスも同感《どうかん》だ。

「もう、ミス・ホームズとの勝負《しょうぶ》はこっちの負《ま》けってことにして、ロンドン観光《かんこう》でもしましょうか？　バッキンガム宮殿《きゅうでん》やロンドン塔《とう》、今《いま》から見《み》に行《い》くとすると――」

P《ピー》・P《ピー》・ジュニアは観光《かんこう》ガイドブックを取《と》り出《だ》して、テーブルに置《お》いた。

「…………」

アリスはガイドブックの最初《さいしょ》の方《ほう》に地図《ちず》がついていることに気《き》がつき、広《ひろ》げてみる。

「どうしたんですか？」

と、地図《ちず》をのぞき込《こ》むP《ピー》・P《ピー》・ジュニア。

「包帯《ほうたい》の怪人《かいじん》がどこに向《む》かっていたか、分《わ》かるかも」

アリスはペンケースからマーカーを取《と》り出《だ》して怪人《かいじん》が出現《しゅつげん》した場所《ばしょ》に印《しるし》をつけると、目《もく》撃《げき》された時間《じかん》を書《か》き込《こ》んでいく。

「あなたがやろうとしていることが分《わ》かりましたよ」

P《ピー》・P《ピー》・ジュニアも地図《ちず》に顔《かお》を近《ちか》づけた。

「歩《ある》く速度《そくど》は？」

「1分《ぷん》80メートルで」

アリスはコンパスを使《つか》い、目撃地点《もくげきちてん》を中心《ちゅうしん》に円《えん》を書《か》いていく。

大《おお》きさが違《ちが》うそれぞれの円《えん》は、歩《ある》く速度《そくど》から計算《けいさん》したもの。

怪人《かいじん》は午前《ごぜん》1時《じ》には、この円《えん》の中《なか》にいたことが分《わ》かる。

アリスとP《ピー》・P《ピー》・ジュニアは、だんだん円《えん》を広《ひろ》げてゆく。

すると――。

午前《ごぜん》2時《じ》の段階《だんかい》で、5つの円《えん》のすべてがほとんど同《おな》じ場所《ばしょ》で交《まじ》わった。

「ここ」

アリスが指《ゆび》さした場所《ばしょ》は、大英博物館《だいえいはくぶつかん》だった。

アリスとP《ピー》・P《ピー》・ジュニアは、その足《あし》で大英博物館《だいえいはくぶつかん》に向《む》かった。

大英博物館《だいえいはくぶつかん》。

それは、ロンドンでも特《とく》に人気《にんき》のある観光名所《かんこうめいしょ》。ギリシアの神殿《しんでん》のような柱《はしら》が正面《しょうめん》にある大《おお》きな建物《たてもの》で、世界中《せかいじゅう》から集《あつ》められた展示物《てんじぶつ》は、1、2回来《かいき》ただけでは全部《ぜんぶ》を見《み》ることはできない——と、P《ピー》・P《ピー》・ジュニアが持《も》っている観光《かんこう》ガイドブックには書《か》いてあった。

今《いま》はちょうど閉館《へいかん》の時間《じかん》らしく、たくさんの人《ひと》たちが出《で》てくるところである。

「ほへ？」

その人々《ひとびと》の中《なか》に、アリスは意外《いがい》な人物《じんぶつ》の姿《すがた》を見《み》つけた。高級車《こうきゅうしゃ》で広場《ひろば》に乗《の》りつけ、その上《うえ》、蝶《ちょう》ネクタイの執事《しつじ》ペンギンを連《つ》れているのだから、見間違《みまちが》えるはずがない。

シャーリー・ホームズだ。

アリスが近《ちか》づき、どうしてここに、とたずねようとしたその時《とき》。

「あなたたち、どうしてここに？」

先《さき》に言《い》われてしまった。

「それはこちらの台詞《せりふ》です！　あなた、こっちの事件《じけん》に首《くび》を突《つ》っ込《こ》むつもりですか？」

P《ピー》・P《ピー》・ジュニアがシャーリーを見上《みあ》げる。

「お黙《サイ》り《レ》な《ン》さ《ス》い、そんな訳《わけ》ないでしょ」

シャーリーは鼻《はな》を鳴《な》らした。

「炭素《たんそ》14同位体《どういたい》による年代測定《ねんだいそくてい》で、盗難事件《とうなんじけん》の現場《げんば》に残《のこ》されていた証拠品《しょうこひん》が、紀元前《きげんぜん》2000年前後《ねんぜんご》の布《ぬの》であることが判明《はんめい》したの。さらに、私《わたし》が分析《ぶんせき》させたところ、布《ぬの》からは没薬《ミルラ》の成分《せいぶん》が発見《はっけん》されたわ」

「没薬《ミルラ》？」

初《はじ》めて耳《みみ》にする言葉《ことば》である。

「古代《こだい》に使用《しよう》された防腐剤《ぼうふざい》よ。アフリカ東部《とうぶ》や中東《ちゅうとう》で産出《さんしゅつ》するの」

シャーリーの顔《かお》には、そんなことも知《し》らないのかと言《い》いたげな表情《ひょうじょう》が浮《う》かぶ。

「没薬《ミルラ》が染《し》み込《こ》んだ布《ぬの》は珍《めずら》しいものよ。置《お》いてあるのは、大学《だいがく》の考古学研究室《こうこがくけんきゅうしつ》か、この大《だい》英博物館《えいはくぶつかん》だけ。あちこちの大学《だいがく》に問《と》い合《あ》わせたけれど、紀元前《きげんぜん》2000年代《ねんだい》の布《ぬの》が盗《ぬす》まれたという報告《ほうこく》はなかった。結果《けっか》、消去法《しょうきょほう》でここ、大英博物館《だいえいはくぶつかん》だという結論《けつろん》に達《たっ》したの」

「ほ〜」

そもそもアリスは、炭素何《たんそなん》とか、というあたりから話《はなし》がまったく理解《りかい》できなかったが、とりあえず分《わ》かったような振《ふ》りをした。

「まるで探偵《たんてい》みたいですね」

と、P《ピー》・P《ピー》・ジュニア。

「だから私《わたし》は由緒正《ゆいしょただ》しいホームズ家《け》の名探偵《めいたんてい》！　まったく、あなたたちとコントをやってる場合《ばあい》じゃないのに。……で、そっちはどうしてここに？　まさか、事件《じけん》のことはあきらめて観光《かんこう》することにしたの？」

「もう博物館《はくぶつかん》は閉《し》まる時間《じかん》ですよ！」

P《ピー》・P《ピー》・ジュニアは観光《かんこう》ガイドブックを背中《せなか》に隠《かく》した。

「実《じつ》は――」

アリスは事情《じじょう》を説明《せつめい》し――ようとしたが、あんまりうまくいかなかった。

そもそもアリスは学校《がっこう》でも、数学《すうがく》の証明問題《しょうめいもんだい》なんかを説明《せつめい》するのがすごく苦手《にがて》だ。

だから、シャーリーがだいたいのところを理解《りかい》した頃《ころ》には、すでにあたりは暗《くら》くなっていた。

「面白《おもしろ》いわね。包帯《ほうたい》の怪人《かいじん》と窃盗事件《せっとうじけん》は、どちらもここ、大英博物館《だいえいはくぶつかん》とつながっている」

巨大《きょだい》な博物館《はくぶつかん》を見上《みあ》げていたシャーリーは、証拠品《しょうこひん》の布切《ぬのき》れをアリスたちに見《み》せる。

「これ……」

アリスはその布《ぬの》から、変《か》わった匂《にお》いがしてくることに気《き》がついた。

「これが没薬《ミルラ》の匂《にお》い？」

「ええ」

シャーリーは頷《うなず》く。

「たぶん、被害者《ひがいしゃ》が言《い》ってた『変《か》わった匂《にお》い』というのはこれのことよ。もしも、この布《ぬの》が包帯《ほうたい》の怪人《かいじん》が顔《かお》に巻《ま》いていた布《ぬの》と同《おな》じものだとすれば、考《かんが》えられる結論《けつろん》はひとつ。あなたたちが追《お》っていた包帯《ほうたい》の男《おとこ》は、変質者《へんしつしゃ》じゃない」

「ええ、顔《かお》を隠《かく》して犯行《はんこう》を重《かさ》ねる、連続宝石窃盗犯《れんぞくほうせきせっとうはん》ですね」

P《ピー》・P《ピー》・ジュニアも頷《うなず》き返《かえ》した。

「お間抜《まぬ》けな怪人騒《かいじんさわ》ぎと、貴金属《ききんぞく》の盗難事件《とうなんじけん》。ロンドン警視庁《けいしちょう》も、このふたつの事件《じけん》を結《むす》びつけることはしなかったけれど――」

髪《かみ》をかき上《あ》げ、フフンと笑《わら》うシャーリー。

「私《わたし》たちは結《むす》びつけましたよ」

ヒレを腰《こし》に当《あ》て、ニュフフンと笑《わら》うP《ピー》・P《ピー》・ジュニア。並《なら》んでいるところを見《み》ると、このひとりと1羽《わ》、ちょっと悪役《あくやく》コンビっぽい感《かん》じである。

「今《いま》までのパターンからすると、盗難《とうなん》が行《おこな》われるのは深夜《しんや》です。包帯《ほうたい》の怪人《かいじん》が目撃《もくげき》されたのも深夜《しんや》。とりあえず、待《ま》つことにしましょうか、ミス・ホームズ？」

「賛成《さんせい》よ、P《ピー》・P《ピー》・ジュニア」

アリスたちは深夜営業中《しんやえいぎょうちゅう》の『首吊《くびつ》り亭《てい》』に戻《もど》り、時間《じかん》をつぶすことにした。


時計《とけい》の針《はり》が12時《じ》を回《まわ》り、あたりの人影《ひとかげ》も途絶《とだ》えた頃《ころ》。

アリスとP《ピー》・P《ピー》・ジュニア、そしてシャーリーは博物館《はくぶつかん》の入《い》り口近《ぐちちか》く、柱《はしら》の陰《かげ》に身《み》をひそめていた。執事《しつじ》のハンブリーは、少《すこ》し離《はな》れた場所《ばしょ》に車《くるま》を停《と》めてお留守番《るすばん》だ。

「まだかしら？」

シャーリーはさっきから、何度《なんど》も時計《とけい》を気《き》にしている。

「せっかちですね〜」

P《ピー》・P《ピー》・ジュニアの方《ほう》はのんびりと、紙《かみ》コップに入《はい》ったグレープフルーツのスムージーをストローですすっていた。

ジュルルルル〜！

「そこ！　張《は》り込《こ》み中《ちゅう》に音《おと》を立《た》てない！」

「神経質《しんけいしつ》ですね〜」

「あなたねえ！　犯人《はんにん》に気《き》づかれたらどうするの⁉」

「そっちの大声《おおごえ》の方《ほう》が気《き》づかれますよ〜」

「お黙《サイレンス》りなさい！」

「放《はな》してくださいよ！」

「そっちこそ！」

P《ピー》・P《ピー》・ジュニアとシャーリーは、お互《たが》いの頬《ほ》っぺたをムギュ〜ッと引《ひ》っ張《ぱ》る。

アリスはそんな1羽《わ》とひとりを放《ほう》っておいて。

怪《あや》しい人影《ひとかげ》が近《ちか》づいてくるのを、ジ〜ッと待《ま》つことにした。

そしてまた、15分《ふん》ぐらい経《た》ったところで。

「……あ」

誰《だれ》かが博物館《はくぶつかん》にやってくるのを、アリスは見《み》つけた。

コートを着《き》て帽子《ぼうし》をかぶっているので、顔《かお》に包帯《ほうたい》をしているかどうかは分《わ》からない。

「ししょ〜、シャーリーさん。現《あらわ》れたかも、です」

アリスはささやいて、P《ピー》・P《ピー》・ジュニアたちの注意《ちゅうい》を引《ひ》いた。

「！」

「どこ⁉」

P《ピー》・P《ピー》・ジュニアとシャーリーは喧嘩《けんか》をやめて振《ふ》り返《かえ》る。

こちらに向《む》かってくる謎《なぞ》の男《おとこ》の顔《かお》が、一瞬《いっしゅん》、街灯《がいとう》の明《あ》かりに照《て》らされる。

「……包帯《ほうたい》」

アリスはつぶやいた。

男《おとこ》の顔《かお》は、汚《よご》れてくすんだ包帯《ほうたい》が巻《ま》かれていたのだ。

顔《かお》だけではない。左右《さゆう》の手《て》にも、包帯《ほうたい》は巻《ま》かれている。

そしてその右手《みぎて》には、どこからか盗《ぬす》んできたらしい真珠《しんじゅ》の首飾《くびかざ》りが握《にぎ》られていた。

「包帯《ほうたい》の怪人《かいじん》が、盗難事件《とうなんじけん》の犯人《はんにん》だという決定的《けっていてき》な証拠《しょうこ》ね」

シャーリーは怪人《かいじん》の姿《すがた》をスマートフォンのカメラに収《おさ》める。

怪人《かいじん》は裏手《うらて》の通用口《つうようぐち》から、博物館《はくぶつかん》へと入《はい》ってゆく。

どこで手《て》に入《い》れたのか、通行《つうこう》キーとなるカードを持《も》っているようだ。

「追《お》うわよ」

シャーリーを先頭《せんとう》に、アリスたちは怪人《かいじん》の尾行《びこう》を開始《かいし》した。


あらかじめ、シャーリーが捜査協力《そうさきょうりょく》を警備責任者《けいびせきにんしゃ》の人《ひと》に頼《たの》んでいたので、アリスたちは簡単《かんたん》に博物館《はくぶつかん》に入《はい》ることができた。

「……どこに行《い》ったのかしら？」

シャーリーが広《ひろ》い正面《しょうめん》ロビーを見渡《みわた》した。

どうやら、あたりに怪人《かいじん》の姿《すがた》はない。

「没薬《ミルラ》のついた包帯《ほうたい》なら、ミイラに使《つか》われているものでしょう？　古代《こだい》エジプトの展示室《てんじしつ》に向《む》かったのでは？」

と、P《ピー》・P《ピー》・ジュニア。

ふたりと1羽《わ》は、売店《ばいてん》を通《とお》り抜《ぬ》け、北側《きたがわ》の階段《かいだん》から古代《こだい》エジプトの展示室《てんじしつ》を目指《めざ》した。

「誰《だれ》も……いないようです」

照明《しょうめい》が消《け》されて静《しず》まり返《かえ》った室内《しつない》を見渡《みわた》し、アリスは小声《こごえ》でP《ピー》・P《ピー》・ジュニアに告《つ》げた。

この古代《こだい》エジプト展示室《てんじしつ》には、大《おお》きな彫像《ちょうぞう》や神聖文字《ヒエログリフ》が刻《きざ》まれた石碑《せきひ》などと一緒《いっしょ》に、いくつものミイラが展示《てんじ》されている。

「でも――」

アリスは、ふと思《おも》い、シャーリーを振《ふ》り返《かえ》った。

「ミイラに化《ば》けて、展示品《てんじひん》の中《なか》にひそんでいたり？」

「そうね、その可能性《かのうせい》はあるかも。調《しら》べてみましょう」

シャーリーはライトを取《と》り出《だ》し、ミイラを調《しら》べ始《はじ》める。

「ここのミイラ、起《お》き上《あ》がってきたりしませんよね？　昔《むかし》、そんなホラー映画《えいが》を見《み》たことあるんですけど？」

P《ピー》・P《ピー》・ジュニアがゴクリとつばを呑《の》み込《こ》んだ。

「……たぶん、そういうことはないかと」

昨日《きのう》、幽霊《ゆうれい》を見《み》たばかりなので、アリスもミイラが絶対《ぜったい》に起《お》きてこないという自信《じしん》はない。

しばらくして。

「うん。異常《いじょう》はないわね」

すべてのミイラを調《しら》べ終《お》え、シャーリーは腕組《うでぐ》みをして考《かんが》え込《こ》んだ。

「……となると、展示《てんじ》されていない品《しな》が収《おさ》められた地下保管庫《ちかほかんこ》かしら？　ついてきて」

シャーリーはP《ピー》・P《ピー》・ジュニアをひょいと持《も》ち上《あ》げると、アリスに押《お》しつける。

「これ、落《お》とさないように」

「うにゅ～、これとは何《なん》です！」

「はいはい」

アリスはP《ピー》・P《ピー》・ジュニアを抱《かか》え、シャーリーの案内《あんない》で地下《ちか》を目指《めざ》した。

数分後《すうふんご》。

「？」

アリスは『地下保管庫《ちかほかんこ》』と書《か》かれた防火扉《ぼうかとびら》の前《まえ》にやってくると、その取《と》っ手《て》のところに何《なに》かがついているのを発見《はっけん》した。

細《ほそ》い糸《いと》くずらしく、鼻《はな》に近《ちか》づけるとかすかに没薬《ミルラ》の匂《にお》いがする。

「こんなものが」

アリスはその糸《いと》くずをシャーリーに見《み》せた。

「この繊維《せんい》」

シャーリーは、虫《むし》メガネで切《き》れ端《はし》を調《しら》べてから頷《うなず》く。

「……間違《まちが》いないわね。犯行現場《はんこうげんば》で発見《はっけん》されたのと同《おな》じものだわ」

「だとしたら、犯人《はんにん》はこの奥《おく》にひそんでいるはずですね」

P《ピー》・P《ピー》・ジュニアはアリスの腕《うで》の中《なか》から下《お》りると、防火扉《ぼうかとびら》を押《お》し開《あ》ける。

すると。

「たくさん、部屋《へや》がありますす」

アリスは息《いき》を呑《の》んだ。

世界各地《せかいかくち》から集《あつ》められた珍《めずら》しい品々《しなじな》は、年代《ねんだい》、地域《ちいき》によって分類《ぶんるい》され、いくつもの部屋《へや》に分《わ》けられて保管《ほかん》されていた。

もちろん、ただほこりをかぶっているのではない。

たくさんの学者《がくしゃ》がそうした大昔《おおむかし》の貴重《きちょう》な遺産《いさん》を研究《けんきゅう》したり、修復《しゅうふく》したりしているのだ。

アリスの目《め》の前《まえ》の廊下《ろうか》の左右《さゆう》に、そんな研究室《けんきゅうしつ》と保管庫《ほかんこ》をかねた部屋《へや》がズラーッと並《なら》んでいる。その部屋《へや》の数《かず》だけでも、気《き》が遠《とお》くなりそうだ。

「ここは広《ひろ》すぎです。捜《さが》してる間《あいだ》に夜《よる》が明《あ》けますよ」

P《ピー》・P《ピー》・ジュニアはあたりを見渡《みわた》した。

「絶対《ぜったい》、ここに間違《まちが》いないのに！」

シャーリーは防火扉《ぼうかとびら》にこぶしを叩《たた》きつける。

「包帯《ほうたい》の怪人《かいじん》は、ここにひそんで犯行《はんこう》を繰《く》り返《かえ》してるのよ！」

すると——。

「ひそんでいる？　愚《おろ》か者《もの》どもめ！　高貴《こうき》なるこの余《よ》が、ひそむなどというせせこましいまねをするものか！」

廊下《ろうか》の先《さき》の暗闇《くらやみ》から、声《こえ》が聞《き》こえた。

「誰《だれ》です!?」

P《ピー》・P《ピー》・ジュニアがライトをその方向《ほうこう》に向《む》ける。

ライトの光《ひかり》に照《て》らし出《だ》されたのは、胸《むね》を張《は》り、腕組《うでぐ》みをしている包帯《ほうたい》の怪人《かいじん》だった。

「愚《おろ》か者《もの》どもが！　よく聞《き》くがいい！　余《よ》こそが！　偉大《いだい》なるアメンホテップステップ！

甦《よみがえ》りし、古代《こだい》の王《ファラオ》！」

包帯《ほうたい》の怪人《かいじん》アメンホテップステップは、いちいち大《おお》げさなポーズを取《と》った。

「聞《き》いたことのない王様《おうさま》です」

アリスは首《くび》を傾《かし》げる。

さっき古代《こだい》エジプト展示室《てんじしつ》で見《み》た年表《ねんぴょう》にも、そんな名前《なまえ》はのっていなかったはずだ。

「まあ、評判《ひょうばん》が悪《わる》かったり、暗殺《あんさつ》されたりで、歴史《れきし》から名前《なまえ》が消《け》された王様《おうさま》もいるみたい

ですしねえ」

Ｐ《ピー》・Ｐ《ピー》・ジュニアは肩《かた》を——ないけど——すくめる。

「愚《おろ》か者《もの》どもめ！　偉大《いだい》なるツタンカーメンの従兄《いとこ》の妻《つま》の、叔父《おじ》の孫《まご》の夫《おっと》の、従弟《いとこ》の息子《むすこ》である余《よ》の王朝《おうちょう》は、さん然《ぜん》と歴史《れきし》に輝《かがや》いておるわ！　26日《にち》の長《なが》きにわたって全《ぜん》エジプトの15分《ぶん》の1を治《おさ》めた、このアメンホテップステップの御名《ぎょめい》を知《し》らぬと申《もう》すか！」

アメンホテップステップは、またポーズを取《と》りながら主張《しゅちょう》する。

「王朝《おうちょう》……短《みじか》い」

思《おも》わずつぶやくアリス。

そして、微妙《びみょう》に領土《りょうど》も狭《せま》い。名前《なまえ》が残《のこ》っていなくて当然《とうぜん》だ。

「まあ、昨日《きのう》の幽霊事件《ゆうれいじけん》のおかげであんまり奇妙《きみょう》なことが起《お》きても驚《おどろ》かなくなっているんだけど——」

こめかみを押《お》さえたシャーリーは、そう前置《まえお》きをしてから続《つづ》けた。

「どうしてあなた、非常識《ひじょうしき》にも生《い》き返《かえ》ったのよ？」

それはアリスも是非《ぜひ》、聞《き》いてみたかったところだ。

「愚《おろ》か者《もの》どもめ、聞《き》かせてやろう！　余《よ》はある人物《じんぶつ》の手《て》によって、古代《こだい》の秘術《ひじゅつ》を用《もち》いて現《げん》代《だい》に甦《よみがえ》ったのじゃ！」

どうやら「愚《おろ》か者《もの》ども」というのがアメンホテップステップの口《くち》ぐせらしい。

「もうひとつ気《き》になるんですが、甦《よみがえ》った古代《こだい》エジプト人《じん》がどうして英語《えいご》、話《はな》せるんです？」

今度《こんど》はＰ《ピー》・Ｐ《ピー》・ジュニアがたずねる。

「愚《おろ》か者《もの》どもめ！　余《よ》がこの国《くに》に来《き》て何年《なんねん》になると思《おも》う？　毎晩《まいばん》こっそり外《そと》に出《で》ては、警《けい》備室《びしつ》のＴＶ放送《テレビほうそう》を見《み》て勉強《べんきょう》したのじゃ！」

「……勉強熱心《べんきょうねっしん》な」

アリスは少《すこ》し感心《かんしん》した。

「じゃあ、ここからが本題《ほんだい》ね。貴金属《ききんぞく》を盗《ぬす》んで歩《ある》いてるのは何故《なぜ》？」

シャーリーが３番目《ばんめ》の質問《しつもん》をする。

「愚《おろ》か者《もの》どもめ、決《き》まっておるだろう！　こうして集《あつ》めた財宝《ざいほう》を使《つか》い、余《よ》は再《ふたた》びファラオの座《ざ》につく！　王朝《おうちょう》を再建《さいけん》し、世界《せかい》を支配《しはい》するのじゃ！」

「無理《むり》っぽい」

「無理《むり》ですよねえ」

アリスとP《ピー》・P《ピー》・ジュニアは顔《かお》を見合《みあ》わせた。毎晩《まいばん》コツコツ宝石《ほうせき》を盗《ぬす》んだとしても、王国《おうこく》ひとつ創《つく》るだけの金額《きんがく》を貯《た》めるには何十年《なんじゅうねん》もかかるはずである。

「あの〜」

アリスはクラスで先生《せんせい》に質問《しつもん》するように手《て》をあげた。

「何《なん》じゃ、ボ〜ッとした娘《むすめ》よ？」

アメンホテップステップはアリスを指《ゆび》さす。

「外《そと》に出《で》て宝石店《ほうせきてん》を襲《おそ》わなくても、この博物館《はくぶつかん》は高価《こうか》な展示品《てんじひん》だらけのような？」

「…………へ？」

アリスの言葉《ことば》に、アメンホテップステップは包帯《ほうたい》の間《あいだ》から見《み》える目《め》を丸《まる》くした。

「あなたねえ」

シャーリーは頭痛《ずつう》を覚《おぼ》えたかのように、こめかみを押《お》さえて説明《せつめい》する。

「知《し》らないようだから教《おし》えてあげるけど、この大英博物館《だいえいはくぶつかん》に収《おさ》められている展示品《てんじひん》は、歴史的《れきしてき》に貴重《きちょう》な品《しな》ばかりなの。あなたが今《いま》までに盗《ぬす》んだ宝石《ほうせき》の何百倍《なんびゃくばい》の価値《かち》があるのよ」

「うおおっ！　ただのオンボロなガラクタばかりだと思《おも》っておった〜っ！」

アメンホテップステップは頭《あたま》を抱《かか》えた。

「この人《ひと》の国《くに》が滅《ほろ》んだ理由《りゆう》が、分《わ》かる気《き》がします」

P《ピー》・P《ピー》・ジュニアがクチバシを横《よこ》に振《ふ》る。

「そうね。私《わたし》も同感《どうかん》」

シャーリーは頷《うなず》いて続《つづ》けた。

「とにかくもう終《お》わりよ。その首飾《くびかざ》りを返《かえ》すのね。あと、他《ほか》の盗品《とうひん》も」

「愚《おろ》か者《もの》どもめ！　返《かえ》せといわれて返《かえ》す泥棒《どろぼう》がどこにいる!?」

アメンホテップステップはべ〜ッと舌《した》を出《だ》すと、きびすを返《かえ》して逃《に》げ出《だ》した。

意外《いがい》と足《あし》は速《はや》いようで、その姿《すがた》はあっという間《ま》に見《み》えなくなる。

「追《お》うわよ」

シャーリーが走《はし》り、P《ピー》・P《ピー》・ジュニアとアリスがそのあとに続《つづ》く。

アメンホテップステップは、最初《さいしょ》のダッシュだけはすばらしかったが、何年《なんねん》も眠《ねむ》りについていたせいか、スタミナが足《た》りなかった。

「お、お、おろ、愚《おろ》か者《もの》どもめ、追《お》いついてきたか！」

ゼイゼイいってるアメンホテップステップは、保管庫《ほかんこ》の廊下《ろうか》の突《つ》き当《あ》たりで見《み》つかった。

P《ピー》・P《ピー》・ジュニアが手《て》にしたライトが、その姿《すがた》をとらえる。

「出口《でぐち》と反対《はんたい》の方向《ほうこう》に逃《に》げるからよ！」

と、シャーリー。

「愚《おろ》か者《もの》どもめ！　考《かんが》えが甘《あま》いわい！」

相変《あいか》わらず、態度《たいど》だけは大《おお》きなアメンホテップステップは、その場《ば》にしゃがみ込《こ》んだ。

「余《よ》はさっそうと闇《やみ》に消《き》えるのだ！」

そこには錆《さ》びつきかけた排水口《はいすいこう》の鉄格子《てつごうし》があり、アメンホテップステップはそれを外《はず》して中《なか》に飛《と》び込《こ》む。

「また地下《ちか》！　今度《こんど》は落《お》とし穴《あな》とかないんでしょうね!?」

「知《し》らないわよ！」

P《ピー》・P《ピー》・ジュニアとシャーリーは、アメンホテップステップを追《お》って下水道《げすいどう》へと潜《もぐ》っていった。

もちろん。

「……あわわわ」

アリスもだいぶ遅《おく》れて、1羽《わ》とひとりに続《つづ》いた。


下水道《げすいどう》をしばらく進《すす》むと、ぞんざいに掘《ほ》られた横穴《よこあな》があり、そこを抜《ぬ》けると、トンネルのような開《ひら》けた場所《ばしょ》に出《で》た。

「地下鉄《ちかてつ》の線路《せんろ》のようですね」

P《ピー》・P《ピー》・ジュニアが、ヘルメットのライトでさびついた古《ふる》いレールを照《て》らす。

「あの包帯男《ほうたいおとこ》はきっとあっちね」

シャーリーが指《ゆび》さした方向《ほうこう》に、ぼんやりと明《あ》かりが見《み》えた。

確《たし》かに、何《なん》の目印《めじるし》もない真《ま》っ暗《くら》なトンネルの中《なか》で、目指《めざ》すとすればあの明《あ》かりだろう。

「ここは？」

少《すこ》し進《すす》むと、アリスたちがたどり着《つ》いたのは、地下鉄《ちかてつ》のプラットホームだった。

チカチカする電球《でんきゅう》が、闇《やみ》の中《なか》にうすぼんやりとそのシルエットを浮《う》かび上《あ》がらせている。

もう何年《なんねん》、いや、何十年《なんじゅうねん》も使《つか》われてない感《かん》じだ。

「聞《き》いたことがあるわ。19世紀《せいき》の終《お》わりに、『博物館駅《はくぶつかんえき》』が建設《けんせつ》されたって。ここはきっとその跡《あと》よ」

シャーリーが説明《せつめい》する。

「第二次世界大戦中《だいにじせかいたいせんちゅう》には、軍事施設《ぐんじしせつ》として使《つか》われたらしいけど」

「つまり、ここがあいつの隠《かく》れ家《が》ってわけですね」

と、P《ピー》・P《ピー》・ジュニア。

プラットホームの上《うえ》には、不自然《ふしぜん》な感《かん》じでエジプト風《ふう》の棺《ひつぎ》が置《お》いてあった。

そのすぐそばには、首飾《くびかざ》りやブローチといった装飾品《そうしょくひん》が山《やま》のように積《つ》まれている。

「あれがきっと盗品《とうひん》ね」

シャーリーがその装飾品《そうしょくひん》の山《やま》に近《ちか》づいたその時《とき》。

「愚《おろ》か者《もの》どもめ！　罠《わな》にかかったな！」

そばの柱《はしら》の陰《かげ》から、アメンホテップステップが飛《と》び出《だ》した。

シュルル〜ッ！

アメンホテップステップの両手《りょうて》から包帯《ほうたい》が伸《の》びて、P《ピー》・P《ピー》・ジュニアとシャーリーに絡《から》みつく。

「こんなもので――ぐう」

P《ピー》・P《ピー》・ジュニアは包帯《ほうたい》を解《と》こうとしたが、そのままコテンッとひっくり返《かえ》り、気持《きも》ちよさそうに眠《ねむ》り始《はじ》める。

「な、何《なに》!?　意識《いしき》が――」

シャーリーも顔《かお》を歪《ゆが》め、その場《ば》にひざを突《つ》いた。

「わははははは！　思《おも》い知《し》ったか、愚《おろ》か者《もの》ども！　この時代《じだい》に甦《よみがえ》って、偉大《いだい》なる余《よ》もいろいろと勉強《べんきょう》したのだ！　この包帯《ほうたい》には、近《ちか》くの病院《びょういん》から盗《ぬす》んだ麻酔薬《ますいやく》が染《し》み込《こ》ませてある！　ほ〜ら、だんだん眠《ねむ》くなる……」

アメンホテップステップは勝《か》ち誇《ほこ》る。

「冗談《じょうだん》で――」

シャーリーもプラットホームに横《よこ》たわり、意識《いしき》を失《うしな》った。

「残《のこ》るは貴様《きさま》ひとりだな？」

アメンホテップステップはニィ〜ッと笑《わら》うと、シャーリーとＰ《ピー》・Ｐ《ピー》・ジュニアから包帯《ほうたい》を解《と》き、その腕《うで》をアリスに向《む》ける。

「どれ、貴様《きさま》も眠《ねむ》らせてやろう！」

アリスにも、麻酔薬《ますいやく》の包帯《ほうたい》が襲《おそ》いかかった。

とっさにポシェットに手《て》を入《い》れたアリスは、中《なか》に入《い》れてあった手鏡《てかがみ》に指先《ゆびさき》を触《ふ》れさせていた。いつもなら、これで鏡《かがみ》の国《くに》へとやってきているはず――なのだが。

「あわわわ⁉」

気《き》がつくと、アリスは何《なに》かの中《なか》にいた。

（ここはどこ――？）

と、立《た》ち上《あ》がりかけたアリスは、足《あし》を滑《すべ》らせて尻《しり》もちをつく。

「……痛《いた》い」

涙目《なみだめ》になって立《た》ち上《あ》がり、アリスはまわりをよく見《み》てみる。

アリスを囲《かこ》んでいるのは、緑《みどり》の色《いろ》がついた透明《とうめい》なガラス。全体的《ぜんたいてき》に筒《つつ》のような形《かたち》になっていて、上《うえ》の方《ほう》はやや細《ほそ》くなっている。

（これは……もしかすると？）

アリスは自分《じぶん》が今《いま》、大《おお》きなガラス瓶《びん》の中《なか》にいることに気《き》がついた。

裏《うら》からなのでハッキリとは分《わ》からないが、瓶《びん》のラベルには「DRINK《ドリンク》 ME《ミー》」（私《わたし》をお飲《の》み）と書《か》いてある。真《ま》っ直《す》ぐ立《た》てられた瓶《びん》の内側《うちがわ》には手《て》を引《ひ》っかけられそうな出《で》っ張《ぱ》りはなく、口《くち》から出《で》るのは無理《むり》そうだ。

「……困《こま》った」

アリスは途方《とほう》に暮《く》れた。

瓶《びん》から出《で》られないと、鏡《かがみ》の国《くに》から元《もと》の世界《せかい》に戻《もど》ることもできないからだ。

とりあえず、ヒマだけはある。鏡《かがみ》の国《くに》と外《そと》の世界《せかい》では流《なが》れる時間《じかん》が違《ちが》うので、たとえここに1週間《しゅうかん》いたとしても、元《もと》の世界《せかい》では1秒《びょう》も経《た》ってないのだ。

（あわてず、落《お》ち着《つ》いて）

自分《じぶん》にそう言《い》い聞《き》かせたアリスはとりあえず、膝《ひざ》を抱《かか》えて座《すわ》り込《こ》むことにする。

まずは、あの麻酔薬《ますいやく》付《つ》き包帯《ほうたい》を避《よ》けるにはどうしたらいいか、である。

今回《こんかい》もいくつか、ハンプティ・ダンプティに服《ふく》を作《つく》ってもらったけれど、何《なに》か役《やく》に立《た》ちそうなものがあるだろうか？

「ワンダー・チェンジ」

アリスはちょっと恥《は》ずかしい合《あ》い言葉《ことば》とともに、スコットランドの民族衣装《みんぞくいしょう》、キルトに着替《きが》えてみる。キルトには、革袋《かわぶくろ》に笛《ふえ》がいくつもついた、バグパイプという楽器《がっき》がついているが、これはあまり使《つか》えそうにない。

「ワンダー・チェンジ！」

次《つぎ》は、有名《ゆうめい》な私立学校《パブリック・スクール》の制服《せいふく》。制服姿《せいふくすがた》だといつもより頭《あたま》が良《よ》さそうに見《み》えるけども、今《いま》は必要《ひつよう》ない。

「ワンダー・チェンジ」

その次《つぎ》は、メイドさんの衣装《いしょう》に変身《へんしん》。

「……うん、これなら」

アリスは小《ちい》さく頷《うなず》いた。

メイド服《ふく》には、ティー・セットを運《はこ》ぶ時《とき》に使《つか》う銀《ぎん》のトレイがついていたのだ。

「あとは出《で》る方法《ほうほう》を考《かんが》えるだけです」

アリスは自分《じぶん》に言《い》い聞《き》かせるように口《くち》にしたが、実《じつ》はそれが一番《いちばん》の難題《なんだい》だったりする。

と、その時《とき》。

「どう？　ロンドン、楽《たの》しんでる？」

よく知《し》ってる声《こえ》がして、ガラス瓶《びん》が大《おお》きく揺《ゆ》れた。

アリスが瓶《びん》の外《そと》に目《め》をやると、白《しろ》い手袋《てぶくろ》をした巨大《きょだい》な手《て》が瓶《びん》を持《も》ち上《あ》げている。

その手《て》の主《あるじ》は、アリスの友《とも》だち、ハンプティ・ダンプティ。

いつもの何倍《なんばい》もあるハンプティ・ダンプティが、瓶《びん》の中《なか》のアリスを見《み》つめているのだ。

「あまり楽《たの》しいとは……」

そう答《こた》えながら、アリスはやっと気《き》がつく。

アリスは大《おお》きなガラス瓶《びん》の中《なか》にいるのではない。アリス自身《じしん》が縮《ちぢ》んでいるのだ。

「出《だ》してくれるとありがたいです」

アリスはハンプティ・ダンプティに頼《たの》んだ。

「あ、ごめんごめん」

ハンプティ・ダンプティは瓶《びん》をそっと傾《かたむ》ける。

アリスはス～ッと滑《すべ》って瓶《びん》から飛《と》び出《だ》し、テーブルの上《うえ》に立《た》った。

「……これ、元《もと》に戻《もど》る？」

自分《じぶん》の手足《てあし》に目《め》をやって、アリスはハンプティ・ダンプティにたずねる。

「大丈夫《だいじょうぶ》だよ～。鏡《かがみ》の国《くに》じゃ、こんなことしょっちゅうだもの」

ハンプティ・ダンプティは笑《わら》って、アリスを手《て》のひらにのせる。

「これ、ありがとう」

アリスはメイド服《ふく》のスカートをつまんで、お礼《れい》を言《い》った。

「ボクの自信作《じしんさく》さ」

ハンプティ・ダンプティは、アリスが鏡《かがみ》の国《くに》に来《く》る時《とき》に使《つか》った入《い》り口《ぐち》――アリスの手鏡《てかがみ》
――のそばにアリスを運《はこ》んだ。

バンッ！

メイド服姿《ふくすがた》になってこちらの世界《せかい》に戻《もど》ったアリスは、手《て》にした銀《ぎん》のトレイで飛《と》んできた包帯《ほうたい》をはね返《かえ》していた。

「き、貴様《きさま》、何者《なにもの》だ～っ！　さっきまでそこにいた、トロそうな女《おんな》の子《こ》はどうした⁉」

アメンホテップステップは目《め》を丸《まる》くすると、弾《はじ》かれた包帯《ほうたい》を引《ひ》き戻《もど》し、もう一度《いちど》アリスに向《む》けて放《はな》つ。

「アリス・リドル、登場《エンター、アリス・リドル》」

アリスも名乗《なの》ると、右腕《みぎうで》を大《おお》きく後《うし》ろに引《ひ》いてトレイを投《な》げた。

トレイは回転《かいてん》して飛《と》ぶと、再《ふたた》び包帯《ほうたい》をはね返《かえ》す。

「わわわわ！」

包帯《ほうたい》は逆戻《ぎゃくもど》りして、アメンホテップステップ本人《ほんにん》の頭《あたま》に巻《ま》きついた。

当然《とうぜん》、アメンホテップステップはクロロホルムを吸《す》い込《こ》むことになる。

「愚《おろ》か者《もの》！　――は余《よ》であったか〜っ！」

アメンホテップステップはそう叫《さけ》ぶと、目《め》を回《まわ》してひっくり返《かえ》った。

包帯《ほうたい》だけは山《やま》ほどあったので、縛《しば》り上《あ》げるのは楽《らく》だった。


「アリス・リドル!?　何《なに》が起《お》こったの!?　夕星《ゆうずつ》アリスはどこ？　ていうか、何《なん》でメイド服《ふく》!?」

クロロホルムの効果《こうか》が切《き》れて目《め》を覚《さ》ましたシャーリーは、アリスを問《と》い詰《つ》めていた。

「……説明《ロング・ストーリー》すると長くなるので」

たとえ変身《へんしん》したあとでも、アリスは機転《きてん》がきかない。

こういう時《とき》に、作《つく》り話《ばなし》ができないのだ。

「私《わたし》たちが気《き》を失《うしな》っている間《あいだ》に、助《たす》けに来《き》てくれたんですね〜」

代《か》わりにＰ《ピー》・Ｐ《ピー》・ジュニアがうまくごまかしてくれた。

「愚《おろ》か者《もの》どもめ、覚《おぼ》えていろ！　いつかまたこの棺桶《かんおけ》から出《で》て復讐《ふくしゅう》してやるからな！」

あきらめの悪《わる》いアメンホテップステップは、ジタバタと暴《あば》れる。

「まずはその生意気《なまいき》な態度《たいど》から反省《はんせい》しなさい」

シャーリーはアメンホテップステップを棺《ひつぎ》に放《ほう》り込《こ》んだ。

「でないと、この棺《ひつぎ》にセメント流《なが》し込《こ》んでガチガチに固《かた》めるわよ」

「……お止《よ》しになってくださいませ」

アメンホテップステップはいきなり弱腰《よわごし》になる。

「近《ちか》くの警察署《けいさつしょ》まで宅配便《たくはいびん》だといくらかかるかしら？　よいしょっと」

シャーリーはP《ピー》・P《ピー》・ジュニアの手《て》を借《か》りて、棺《ひつぎ》のふたを持《も》ち上《あ》げた。

「あ〜っ！　本当《ほんとう》に閉《と》じ込《こ》める気《き》か！　待《ま》って！　ひど〜い！」

「待《ま》たないわ。また、警察《けいさつ》で会《あ》いましょう」

シャーリーはウインクすると、棺《ひつぎ》のふたを閉《と》じた。

「ハンブリー、ハンマーと釘《くぎ》」

「はい、お嬢様《じょうさま》」

シャーリーは、棺《ひつぎ》のふたをしっかりと釘《くぎ》で打《う》ちつける。

これではどんなに頑張《がんば》っても内側《うちがわ》から開《あ》けることはできないだろう。

(ちょっと……かわいそうな気《き》が)

アリスはひそかに思《おも》う。

「あとは、あれを持《も》ち主《ぬし》に返《かえ》すだけね」

シャーリーは貴金属《ききんぞく》の山《やま》に目《め》をやってから、P《ピー》・P《ピー》・ジュニアを振《ふ》り返《かえ》った。

「アメンホテップステップを捕《つか》まえたのは、私《わたし》でもあなたでもなく、アリス・リドル。だから、この勝負《しょうぶ》は引《ひ》き分《わ》けよ。……でも、グリム兄弟《きょうだい》があなたたちにこだわる気持《きも》ち、ちょっと分《わ》かったような気《き》がするわ」

「むにゅ～、私《わたし》としては連中《れんちゅう》にこだわって欲《ほ》しくないんですけど～」

P《ピー》・P《ピー》・ジュニアはため息《いき》をもらす。

「……アリス・リドル」

シャーリーは、今度《こんど》はアリスの瞳《ひとみ》をじっと見《み》つめた。

「あなた、もう少《すこ》し努力《どりょく》すれば、私《わたし》のライバルになれるかも知《し》れないわよ。夕星《ゆうずつ》アリスの方《ほう》は、4000年《ねん》かかっても無理《むり》でしょうけど」

「ありがとう」

アリスは後半部分《こうはんぶぶん》を聞《き》かなかったことにして、手《て》を差《さ》し出《だ》す。

しかし。

「でも、なれ合《あ》うつもりはないから」

シャーリーはその手《て》を握《にぎ》り返《かえ》すことはしなかった。

その代《か》わりにプイッと横《よこ》を向《む》くと、スマートフォンで警察署《けいさつしょ》に連絡《れんらく》する。

「……ああ、レストレイド警部《けいぶ》？　私《わたし》、シャーリー。……そう、例《れい》の事件《じけん》、解決《かいけつ》したから、犯人《はんにん》そっちに送《おく》るわね」

（前途多難《ぜんとたなん》で……落《お》ち込《こ》む）

研修《けんしゅう》はまだ２日目《かめ》。

早《はや》くも日本《にっぽん》に帰《かえ》りたくなっているアリスであった。

ファイル・ナンバー2

ロンドン橋《ばし》、落《お》ちる？

ロンドン橋《ばし》　落《お》ちる　落《お》ちる　落《お》ちる
ロンドン橋《ばし》が　落《お》ちるよ　すてきなお嬢《じょう》さん

＊　＊　＊

ロンドン4日目《かめ》。
今日《きょう》は研修《けんしゅう》がない。待《ま》ちに待《ま》ったお休《やす》みの日《ひ》なのだ。
(観光《かんこう》、観光《かんこう》)
アリスは観光《かんこう》ガイドブックを抱《かか》え、寝室《しんしつ》を出《で》ていた。
ここはベーカー街《がい》にある、シャーリー・ホームズの家《いえ》。

ちゃんとした――安《やす》くて幽霊《ゆうれい》が出《で》ない――ホテルが見《み》つからなかったもので、アリスたちは研修《けんしゅう》2日目《かめ》からずっとここでお世話《せわ》になっている。

(最初《さいしょ》は……ええっと、マダム・タッソーの蝋人形館《ろうにんぎょうかん》、パディントン駅《えき》で熊《くま》のパディントンのブロンズ像《ぞう》を見《み》て、ピーター・パンの銅像《どうぞう》があるケンジントン庭園《ていえん》、あとはロンドン動物園《どうぶつえん》まで戻《もど》って……)

午前中《ごぜんちゅう》に回《まわ》る観光名所《かんこうめいしょ》を確認《かくにん》しながら、ダイニングまでやってくると、今朝《けさ》はちょっと様子《ようす》が違《ちが》っていることにアリスは気《き》がつく。

いつもなら執事《しつじ》のハンブリーが朝食《ちょうしょく》を用意《ようい》してくれているのに、今朝《けさ》はテーブルに何《なに》も並《なら》んでいない。ティー・セットさえ、置《お》かれていないのだ。

と、そこに。

「アリス、よかった！　今《いま》、起《お》こそうと思《おも》っていたところ！」

帽子《ぼうし》を手《て》にしたシャーリーが、緊張《きんちょう》した面《おも》もちでダイニングに飛《と》び込《こ》んできた。

「荷物《にもつ》をまとめて！　避難《ひなん》の準備《じゅんび》よ！」

「避難《ひなん》？」

アリスは聞《き》き返《かえ》す。

「むにゅ〜、どうしたんです？　避《ひ》難《なん》だなんて？」

パジャマ姿《すがた》のＰ《ピー》・Ｐ《ピー》・ジュニアも寝《しん》室《しつ》から下《お》りてきて、あくびをしながらたずねる。

「ニュースを見《み》て」

シャーリーはＴＶ《テレビ》をつけた。

「人《じん》工《こう》衛《えい》星《せい》が落《お》ちてくるのよ、このロンドンに！」

「ははは、まさか？　……朝《あさ》ご飯《はん》、まだですか？」

Ｐ《ピー》・Ｐ《ピー》・ジュニアは椅《い》子《す》に座《すわ》ると、ハンブリーの姿《すがた》を探《さが》す。

「ほら、これを見《み》なさい！」

シャーリーはＰ《ピー》・Ｐ《ピー》・ジュニアの体《からだ》をつかみ、ＴＶ《テレビ》画《が》面《めん》の方《ほう》に強《ごう》引《いん》に向《む》けた。

ちょうど、ＴＶ《テレビ》ではニュースをやっているところ。

ロンドンの街《まち》の様《よう》子《す》が映《うつ》っている。

『街《まち》の交《こう》通《つう》網《もう》は今《いま》のところ正《せい》常《じょう》ですが、パニックに陥《おちい》った人《ひと》々《びと》で駅《えき》はあふれ、道《どう》路《ろ》も渋《じゅう》滞《たい》しています！　人《じん》工《こう》衛《えい》星《せい》が墜《つい》落《らく》するとされている時《じ》間《かん》まで、あと5時《じ》間《かん》！　政《せい》府《ふ》はロンドン市民《しみん》に早《はや》めに避難《ひなん》するように指示《しじ》を――』

テムズ川《がわ》に近《ちか》いチャリング・クロス駅前《えきまえ》に立《た》つリポーターが、逃《に》げようとする人《ひと》たちに揉《も》みくちゃにされながら声《こえ》を張《は》り上《あ》げていた。

どうやら、人工衛星《じんこうえいせい》が落《お》ちてくるというのは冗談《じょうだん》ではないようだ。

(そう言《い》えば……)

朝早《あさはや》くからずっと、パトカーのサイレンが聞《き》こえていたことをアリスは思《おも》い出《だ》した。

「人工衛星《じんこうえいせい》なんて、常《つね》に監視《かんし》してるはずでしょう？　墜落《ついらく》してくるんなら、もっと早《はや》くに警告《けいこく》が出《で》るはずだと思《おも》うんですがねえ？　たとえば、1ケ月《げつ》とか、1週間前《しゅうかんまえ》とか？」

P《ピー》・P《ピー》・ジュニアはシャーリーを振《ふ》り返《かえ》り、首《くび》をひねる。

「予測不可能《よそくふかのう》な事態《じたい》が起《お》きたのよ。宇宙《うちゅう》ゴミとの衝突《しょうとつ》で、衛星《えいせい》の軌道《きどう》が変《か》わったらしいわ」

「宇宙《うちゅう》ゴミ？」

と、アリス。

「地球《ちきゅう》のまわりを漂《ただよ》っている、人工衛星《じんこうえいせい》のかけらのような小《ちい》さなゴミのこと。小《ちい》さなゴミといっても、ものすごいスピードで地球《ちきゅう》のまわりを回《まわ》っているから、ぶつかればトラックに追突《ついとつ》されたのと同《おな》じような感《かん》じになるわ。人工衛星《じんこうえいせい》の軌道《きどう》を変《か》えるには十分《じゅうぶん》よ」

「で、この騒《さわ》ぎですか？」

P《ピー》・P《ピー》・ジュニアはTV《テレビ》を見《み》て顔《かお》をしかめた。

ニュース映像《えいぞう》を見《み》ていると、ドサクサにまぎれ、無人《むじん》になった店《みせ》に盗《ぬす》みに入《はい》る者《もの》たちもいるようである。

「間違《まちが》い、ということはないんでしょうね、ミス・ホームズ？」

「ESA《イーサ》の発表《はっぴょう》だから確実《かくじつ》よ、P《ピー》・P《ピー》・ジュニア」

「ESA《イーサ》？」

またもやアリスは質問《しつもん》した。

「欧州宇宙機関《おうしゅううちゅうきかん》。ヨーロッパの各国《かっこく》が共同《きょうどう》して、宇宙開発《うちゅうかいはつ》を行《おこな》う機関《きかん》よ。アメリカの航空《こうくう》宇宙局《うちゅうきょく》（NASA《ナサ》）や、日本《にっぽん》の宇宙航空研究開発機構《うちゅうこうくうけんきゅうかいはつきこう》（JAXA《ジャクサ》）みたいなものね。ここには私《わたし》が大学時代《だいがくじだい》にお世話《せわ》になった先生《せんせい》もいるの」

「……ほう」

NASA《ナサ》もJAXA《ジャクサ》もよく知《し》らなかったが、正直《しょうじき》に言《い》うとまたあきれられそうである。

だからアリスは黙《だま》って頷《うなず》いておくことにした。

「ともかく、そのESA《イーサ》が、今《いま》から2時間《じかん》ほど前《まえ》にTV《テレビ》で発表《はっぴょう》したのよ。昔《むかし》の人工衛星《じんこうえいせい》が地上《ちじょう》に落《お》ちてくるって。墜落予想地点《ついらくよそうちてん》のロンドンには、ついさっき避難命令《ひなんめいれい》が出《で》たところ。あなたたちも急《いそ》いで」

シャーリーの後《うし》ろでは、執事《しつじ》のハンブリーがトランクをいくつも抱《かか》えて走《はし》り回《まわ》っている。

「……何《なに》か落《お》ちてくるようには見《み》えませんが？」

アリスは窓《まど》を開《ひら》いて身《み》を乗《の》り出《だ》し、よく晴《は》れた空《そら》を見渡《みわた》した。

人工衛星《じんこうえいせい》は小《ちい》さいから、かなり近《ちか》くまで来《こ》ないと目《め》では見《み》えないのかも知《し》れないが、何《なん》となく実感《じっかん》がわかない。

「見《み》えた頃《ころ》には手遅《ており》れってこと！　ほら、急《いそ》いで！」

シャーリーは帽子《ぼうし》をかぶりながら命《めい》じる。

アリスとP《ピー》・P《ピー》・ジュニアは顔《かお》を見合《みあ》わせると、荷造《にづく》りをするために寝室《しんしつ》へと戻《もど》った。

「みなさま、飛《と》ばしますのでご注意《ちゅうい》を。あと、朝食用《ちょうしょくよう》にサンドウィッチを用意《ようい》しております。中身《なかみ》はこちらがローストビーフ、こちらが小《こ》エビでございます」

アリスとP《ピー》・P《ピー》・ジュニアを後部座席《こうぶざせき》に乗《の》せ、サンドウィッチのバスケットを渡《わた》してから、ハンブリーは車《くるま》を発進《はっしん》させた。

でも、表通《おもてどお》りは人《ひと》であふれ返《かえ》り、車《くるま》もなかなか前《まえ》へは進《すす》めない。

みんなロンドンを離《はな》れようとしているのだ。

「駅《えき》に向《む》かうんじゃ？」

ローストビーフ・サンドを頬張《ほおば》るアリスは、車《くるま》がベーカー街《がい》の地下鉄駅《ちかてつえき》の前《まえ》を通《とお》り過《す》ぎたことに気《き》がつく。

「ニュースで見《み》たでしょ？　鉄道《てつどう》は押《お》し寄《よ》せる人《ひと》でパニックよ。直接《ちょくせつ》、空港《くうこう》へ向《む》か――」

と、助手席《じょしゅせき》のシャーリーが言《い》いかけたところで。

「よろしいでしょうか、お嬢様《じょうさま》」

交通情報《こうつうじょうほう》をカー・ラジオで聴《き》いていたハンブリーが口《くち》を挟《はさ》む。

「空港《くうこう》もすでに、パニックのようでございます」

「世界一《せかいいち》の都市《とし》がこの様《ざま》？　情《なさ》けないわね」

シャーリーは唇《くちびる》を噛《か》むと、とにかく市外《しがい》に向《む》けて車《くるま》を走《はし》らせた。

「大変《たいへん》な、感《かん》じです」

運転《うんてん》のできないアリスはやることがないので、車《くるま》の窓《まど》から外《そと》の様子《ようす》を眺《なが》める。

すると、一瞬《いっしゅん》。

「あ」

交差点《こうさてん》の近《ちか》くに、4、5歳《さい》の男《おとこ》の子《こ》が泣《な》きそうな顔《かお》でポツンと立《た》っているのが見《み》えた。

急《いそ》いでロンドンを離《はな》れようとする人《ひと》たちも、交通整理《こうつうせいり》に当《あ》たっている警察官《けいさつかん》も、その子《こ》には気《き》づいていないようだ。

「……待《ま》って」

アリスはハンブリーに声《こえ》をかけた。

「430メートルほど、戻《もど》ってください」

「どうして？」

と、聞《き》き返《かえ》したのはシャーリーである。

「たぶん、迷子《まいご》です」

「冗談《じょうだん》でしょ？　あなた、走《はし》る車《くるま》の中《なか》からそんな子供《こども》に気《き》がついたわけ？　ていうか、400メートル以上《いじょう》も通《とお》り過《す》ぎる前《まえ》に言《い》いなさい」

シャーリーは文句《もんく》を言《い》いながらも、ハンブリーに車《くるま》をU《ユー》ターンさせた。

そして、正確《せいかく》に430メートル戻《もど》ると、

「あの子《こ》です」

子供《こども》はまだ、同《おな》じ場所《ばしょ》に立《た》っていた。

アリスは窓越《まどご》しにその子《こ》を指《ゆび》さす。

「止《と》めて」

シャーリーは車《くるま》から降《お》り、男《おとこ》の子《こ》の前《まえ》に行《い》った。

「あなた、迷子《まいご》？　住所《じゅうしょ》、氏名《しめい》は？　答《こた》えなさい」

そうたずねられて、男《おとこ》の子《こ》はポロポロ涙《なみだ》をこぼし始《はじ》めた。

「マ、ママ〜！　パパ〜！」

「あ〜もう！　子供《こども》は嫌《きら》い！　P《ピー》・P《ピー》・ジュニア、代《か》わって」

シャーリーは子供《こども》が苦手《にがて》なようで、すぐにP《ピー》・P《ピー》・ジュニアと交代《こうたい》した。

「はいはい〜、動物《どうぶつ》は好《す》きですか〜？　ペンギンさんですよ〜」

P《ピー》・P《ピー》・ジュニアは泣《な》きやませようと、おどけた顔《かお》でクルクルと回《まわ》る。

「……ペンギンは動物《どうぶつ》じゃない。鳥《とり》」

意外《いがい》と理屈《りくつ》っぽい子供《こども》だった。

「じゃ、じゃあ、好《す》きな動物《どうぶつ》は？」

「……イタチ」

変《か》わった子供《こども》だった。

「イタチですか〜？　……キュ、キュキュ〜」

P《ピー》・P《ピー》・ジュニアは四《よ》つん這《ば》いになり、イタチのまねをしてみせる。

「……それ、イタチじゃない。フェレット」

その上《うえ》、細《こま》かい。

ちなみに、イタチは体長《たいちょう》30センチほど。フェレットは確《たし》かにイタチに似《に》ているが、40センチほどで少《すこ》し大《おお》きい。

「じゃあ、こんな感《かん》じですか～？」

「違《ちが》う」

そのあとも、P《ピー》・P《ピー》・ジュニアは涙《なみだ》ぐましい努《ど》力《りょく》を重《かさ》ね、何《なん》とか男《おとこ》の子《こ》を泣《な》きやませた。

「そ、それで名前《なまえ》は？」

P《ピー》・P《ピー》・ジュニアは、あらためて男《おとこ》の子《こ》に質問《しつもん》する。

「イアン」

「名字《みょうじ》は？」

「分《わ》かんない」

「住所《じゅうしょ》は？」

「分《わ》かんない」

「ご両親《りょうしん》と一緒《いっしょ》だったんですか？」

「うん」

「どこではぐれたんですか？」

「分《わ》かんない」

「……イアン君《くん》」

アリスはしゃがみ、男《おとこ》の子《こ》と目《め》の高《たか》さを同《おな》じにして手《て》を握《にぎ》った。

「お父《とう》さんとお母《かあ》さんの目《め》の色《いろ》、分《わ》かる？」

住所《じゅうしょ》や名字《みょうじ》は忘《わす》れても、親《おや》の顔《かお》を忘《わす》れる子供《こども》はいない。

アリスはまずそれを確《たし》かめる。

「んっとね、パパは——」

イアンは必死《ひっし》になって説明《せつめい》した。

「じゃあ、髪《かみ》の色《いろ》は？」

アリスは時間《じかん》をかけ、服装《ふくそう》なども聞《き》き出《だ》してゆく。

「ねえ、もう十分《じゅうぶん》でしょ？　あとは警察《けいさつ》に任《まか》せるわよ」

イライラし始《はじ》めたシャーリーが腕組《うでぐ》みすると、イアンはまた泣《な》き出《だ》しそうになった。

「私《わたし》たちで、ご両親《りょうしん》を捜《さが》してあげるのはどうでしょう？」

アリスはイアンの頭《あたま》をなでる。

「見《み》つかる訳《わけ》ないでしょ？　それに子供《こども》の面倒《めんどう》を見《み》るのは探偵《たんてい》の仕事《しごと》じゃないわ」

「でも——」

「お黙《サイレンス》りなさい」

シャーリーはフンと鼻《はな》を鳴《な》らすと、車《くるま》に戻《もど》ろうとする。

確《たし》かに、こんな大騒《おおさわ》ぎの中《なか》ではすぐ両親《りょうしん》を見《み》つけるのは難《むずか》しい。

でも。

「あの、ちょっとトイレに」

アリスはみんなから見《み》えない場所《ばしょ》まで移動《いどう》し、ポシェットから手鏡《てかがみ》を取《と》り出《だ》した。

「鏡《ミラー》よ、鏡《ミラー》」

「アリス・リドル、登場《エンター、アリス・リドル》」
再《ふた》び鏡《かがみ》の国《くに》にやってきたアリスは、開《ひら》かれた絵本《えほん》の上《うえ》に飛《と》び出《だ》していた。
絵本《えほん》といっても。アリスの足《あし》の下《した》にある本《ほん》は、ひとつひとつの活字《かつじ》が手《て》のひらサイズ、1ページがホテルのツイン・ルームぐらいの広《ひろ》さがある。

つまり、また自分《じぶん》が縮《ちぢ》んでいるということだ。

(ともかく、ハイテクは無理《むり》っぽいので)

アリスは軽《かる》く跳《は》ねて、フワリと宙《ちゅう》に浮《う》かび上《あ》がった。

監視《かんし》カメラの映像《えいぞう》からイアンの両親《りょうしん》を捜《さが》し出《だ》すことは、アリスにはできない。

だが、アリスは知《し》っている。

空《そら》をおおいつくす、星々《ほしぼし》のようなきらめき。そのすべてが、外《そと》の世界《せかい》とつながっている鏡《かがみ》であることを。この鏡《かがみ》を通《とお》して、外《そと》の世界《せかい》の様子《ようす》を見《み》られることも。

そして、家《いえ》や店《みせ》の中《なか》、バッグの中《なか》、それに交差点《こうさてん》、鏡《かがみ》は至《いた》るところにある。

ロンドン中《じゅう》の鏡《かがみ》を調《しら》べれば、目当《めあ》ての人物《じんぶつ》を見《み》つけ出《だ》すことができるはずだ。

「まずはこれ……にはいない……こっちにもいない」

根気《こんき》だけはあるアリスは、ひとつひとつの鏡《かがみ》をのぞき込《こ》んでゆく。

「これでも……あれでもない」

時間《じかん》は気《き》にしなくていい。鏡《かがみ》の国《くに》は、外《そと》の世界《せかい》と時間《じかん》の流《なが》れ方《かた》が違《ちが》うのだ。

「…………………いた」

１２５４８番目《ばんめ》に見《み》た鏡《かがみ》の中《なか》に。

イアンから聞《き》き出《だ》した顔《かお》つき、年齢《ねんれい》、服装《ふくそう》とピッタリ合《あ》うふたりがいた。

「この場所《ばしょ》は――」

走《はし》り回《まわ》るその人《ひと》たちの居場所《いばしょ》を、まわりの風景《ふうけい》と観光《かんこう》ガイドブックを照《て》らし合《あ》わせて確《かく》認《にん》すると、アリスは自分《じぶん》の手鏡《てかがみ》からロンドンの街《まち》へと戻《もど》った。

「アリス・リドル！」

アリスがやってくるのを見《み》て、シャーリーが眉《まゆ》をひそめた。

「あのトロい方《ほう》のアリスは？　どこに行《い》ったの？」

「別《べつ》の仕事《しごと》を頼《たの》みました」

アリスはとりあえずそう説明《せつめい》すると、イアンに話《はな》しかける。

「セント・ポール大聖堂《だいせいどう》に、お父《とう》さんとお母《かあ》さんがいるよ。今《いま》から連《つ》れていってあげる」

「ほんと？」

イアンの顔《かお》がパッと明《あか》るくなった。

「あなた、いいかげんなことを――」

「お乗《の》りください」

シャーリーがとがめる前《まえ》に、ハンブリーが車《くるま》のドアを開《あ》ける。

「まあまあ、いいかげんかどうか、行《い》ってみれば分《わ》かりますよ〜」

P《ピー》・P《ピー》・ジュニアがイアンの手《て》を引《ひ》いて後部座席《こうぶざせき》に乗《の》り込《こ》み、アリスもそれに続《つづ》いた。

「P《ピー》・P《ピー》・ジュニア、もしそこにこの子《こ》の両親《りょうしん》がいなかったら――」

シャーリーは助手席《じょしゅせき》に座《すわ》りながら、目《め》が笑《わら》っていない笑顔《えがお》で後《うし》ろを見《み》る。

「あなた、ロースト・チキンにしてあげる」

「……冗談《じょうだん》ですよね？」

P《ピー》・P《ピー》・ジュニアの質問《しつもん》に、答《こた》えはなかった。

鏡《かがみ》の国《くに》でアリスが見《み》つけたふたりは、まだセント・ポール大聖堂《だいせいどう》の前《まえ》にいた。

「ママ、パパ〜っ！」

車《くるま》が停《と》まり、ドアが開《ひら》くと、イアンはすぐに飛《と》び出《だ》し、ふたりのところに駆《か》け寄《よ》った。

「イアン！」

ママがイアンをギュッと抱《だ》きしめる。

「心配《しんぱい》したよ」

パパの方《ほう》はイアンの頭《あたま》に手《て》を置《お》いた。

「本当《ほんとう》にいるなんて」

その光景《こうけい》を見《み》て、シャーリーは目《め》を丸《まる》くする。

両親《りょうしん》はアリスたちのところにやってくると、涙《なみだ》を浮《う》かべて何度《なんど》もお礼《れい》を言《い》った。

「お姉《ねえ》ちゃんたち、ありがとう」

イアンはアリスたちに手《て》を振《ふ》って、両親《りょうしん》と一緒《いっしょ》に避難《ひなん》するために駅《えき》へと向《む》かう。

「イタチもありがとう！」

「ピキ〜ッ！　私《わたし》はペンギンです！」

実《じっ》に不服《ふふく》そうな顔《かお》だったが、P《ピー》・P《ピー》・ジュニアもヒレを振《ふ》り返《かえ》した。

だが、その横《よこ》で。

「…………？」

アリスはふと気《き》がついた。シャーリーが、両親《りょうしん》と手《て》をつなごうとするイアンの背中《せなか》を見《み》送《おく》りながら、複雑《ふくざつ》な表情《ひょうじょう》を浮《う》かべていることに。

「どうかしたの？」

アリスはたずねる。

「私《わたし》――ずっと、大富豪《だいふごう》や警察《けいさつ》からしか捜査《そうさ》の依頼《いらい》を受《う》けていなかったの」

シャーリーはつぶやくように言《い》った。

「事件《じけん》を解決《かいけつ》したら、謝礼《しゃれい》をもらって、それで終《お》わり。あんなに嬉《うれ》しそうにお礼《れい》を言《い》われたの、初《はじ》めてなのよ。だからちょっと……」

「ちょっと？」

「な、何《なん》でもないわよ！　気《き》にしないで！」

シャーリーは頭《あたま》を振《ふ》り、話題《わだい》を変《か》える。

「……ところで、アリス・リドル。どうして両親《りょうしん》の居場所《いばしょ》が分《わ》かったの？」

「話せば長くなります《ロング・ストーリー》」

口《くち》を開《ひら》くといろいろとボロが出《で》そうなので、説明《せつめい》は省略《しょうりゃく》である。

「ま、いいわ。それじゃ、あなたたちはハンブリーとこの車《くるま》で避難《ひなん》して。なるべくロンドンから遠《とお》くにね。ちゃんとトロい方《ほう》のアリスも見《み》つけて一緒《いっしょ》に逃《に》げるのよ、いいわね？」

シャーリーはアリスたちを車《くるま》に乗《の》せると、自分《じぶん》は乗《の》り込《こ》まずにそう告《つ》げた。

「あなたは？」

アリスはサイド・ウインドウ越《ご》しにシャーリーを見《み》る。

「ロンドンに残《のこ》って、誰《だれ》が人工衛星《じんこうえいせい》を落《お》とそうとしたのか調《しら》べるわ！」

シャーリーは答《こた》える。

「誰《だれ》か？」

P《ピー》・P《ピー》・ジュニアがウインドウから身《み》を乗《の》り出《だ》す。

「初歩的《エレメンタリー》な推理《すいり》よ。広《ひろ》い宇宙《うちゅう》でたまたま人工衛星《じんこうえいせい》に宇宙《うちゅう》ゴミがぶつかって、たまたまロンドンに向《む》かって落《お》ちてくる。そんな確率《かくりつ》がどれほど低《ひく》いかは、あなたたちだって分《わ》かるでしょう？」

シャーリーは右《みぎ》のこぶしを左《ひだり》の手《て》のひらに打《う》ちつけた。

「……誰《だれ》であろうと、私《わたし》たちの街《まち》にそんなことをするなんて許《ゆる》さない！」

「だったら」

「私《わたし》たちも手伝《てつだ》いますよ〜」

アリスとP《ピー》・P《ピー》・ジュニアは車《くるま》から降《お》りた。

「バカ言《い》わないの。ここは私《わたし》たちの街《まち》。あなたの街《まち》じゃない。ハンブリー、アリスとP《ピー》・P《ピー》・ジュニアを連《つ》れてって」

「お嬢様《じょうさま》、私《わたくし》も残《のこ》ります」

運転席《うんてんせき》のハンブリーも首《くび》を左右《さゆう》に振《ふ》る。

「あなたは探偵《たんてい》じゃない。残《のこ》る義務《ぎむ》はないわ」

「しかし――」

「ハンブリー、私《わたし》はこのロンドンを守《まも》る探偵《たんてい》。あなたも私《わたし》が守《まも》るべきロンドンの市民《しみん》なの」

「お嬢様《じょうさま》……」

ハンブリーはハンカチを出《だ》して、目頭《めがしら》を押《お》さえた。

と、その時《とき》。

アリスたちのすぐ横《よこ》を、黄色《きいろ》と青《あお》のチェック柄《がら》が描《か》かれた車《くるま》が、ロンドンの中心部方向《ちゅうしんぶほうこう》に向《む》かって通《とお》り過《す》ぎていった。

「今《いま》の車《くるま》？」

アリスはその車《くるま》をじっと見《み》つめ、眉《まゆ》をひそめる。

「今度《こんど》は何《なに》!?　ただのパトカーよ。それとも日本《にっぽん》じゃ珍《めずら》しいのかしら？」

シャーリーは問《と》いかけるような視線《しせん》をアリスに向《む》ける。

「ええと……」

何《なに》かがおかしい。

それだけは分《わ》かっているのだけれど、考《かんが》えがなかなかまとまってはくれない。

となると。

（あの手《て》を使《つか》うしか――）

「ちょっと、トイレに」

アリスはまたもや走《はし》り出《だ》した。

「トイレ!?　あなたもなの、アリス・リドル！」

背中《せなか》に非難《ひなん》の声《こえ》を浴《あ》びながら、アリスは路地裏《ろじうら》に駆《か》け込《こ》んで手鏡《てかがみ》を取《と》り出《だ》した。

またも鏡《かがみ》の国《くに》に戻《もど》ってきたアリスは、茂《しげ》みの中《なか》に下《お》り立《た》っていた。

「？」

ズシンという、普段《ふだん》とは違《ちが》う重《おも》い感触《かんしょく》を足下《あしもと》に感《かん》じ、アリスは戸惑《とまど》う。

「これは」

あたりをよく見《み》て気《き》がついた。

アリスを囲《かこ》んでいるのは、茂《しげ》みではない。森《もり》である。森《もり》が茂《しげ》みに思《おも》えるほど、アリスの体《からだ》はやたらと大《おお》きくなっていたのだ。

木々《きぎ》の梢《こずえ》は、だいたい肩《かた》のあたり。

すぐそばにある、「ウサギさん」という立《た》て札《ふだ》がある家《いえ》の屋根《やね》は、ベンチ代《が》わりになりそうな高《たか》さだ。

つま先立《さきだ》ちになると、森《もり》の向《む》こうにある海《うみ》――ウミガメっぽい生《い》き物《もの》が岩場《いわば》に座《すわ》っているからたぶん海《うみ》――までが見渡《みわた》せる。

(とにかく――)

アリスは「ウサギさん」の家《いえ》に腰《こし》かけると、目《め》を閉《と》じて考《かんが》えをまとめることにした。

突然《とつぜん》の人工衛星《じんこうえいせい》の落下《らっか》。

避難《ひなん》する人《ひと》たちと逆方向《ぎゃくほうこう》に走《はし》るパトカー。

初歩的《エレメンタリー》な推理《すいり》――。

広《ひろ》い宇宙《うちゅう》でたまたま人工衛星《じんこうえいせい》に宇宙《うちゅう》ゴミがぶつかって――。

たまたまロンドンに向《む》かって落《お》ちてくる――。

そんな確率《かくりつ》――。

頭《あたま》の中《なか》で、シャーリーの言葉《ことば》が繰《く》り返《かえ》される。

「……………うん、たぶんそう」

アリスは目《め》を開《あ》け、立《た》ち上《あ》がった。

「シャーリーさん」

ロンドンに戻《もど》り、路地裏《ろじうら》から出《で》てきたアリスは告《つ》げた。

「さっきの車《くるま》、パトカーじゃないよ」

「はあ？」

シャーリーは腰《こし》に手《て》を当《あ》ててアリスを見《み》る。

「ロンドンのパトカーは、車体《しゃたい》の横《よこ》に水色《みずいろ》と黄色《きいろ》のチェックの模様《もよう》が入《はい》っていて、その下《した》に青《あお》い『POLICE《ポリス》』（警察《けいさつ》）の文字《もじ》がある。そうでしょう？」

「だから、さっき見《み》たとおりよ」

「ううん」

アリスは首《くび》を横《よこ》に振《ふ》る。

「さっきの車《くるま》、『P《ポ》O《リ》L《ス》I C E』の文字《もじ》が本物《ほんもの》と比《くら》べて1ミリ半《はん》、前《まえ》にずれていたの」

「……はあ？」

シャーリーは信《しん》じられないというような顔《かお》になる。

「何《なん》メートルも離《はな》れたところからチラリと見《み》ただけで、そんな細《こま》かい違《ちが》いが分《わ》かる訳《わけ》ないでしょう？」

「ミス・ホームズ、アリスには分《わ》かるんです」

P《ピー》・P《ピー》・ジュニアがふたりの間《あいだ》に入《はい》った。

「この前《まえ》なんか、グラタンのマカロニ2本《ほん》、つまみ食《ぐ》いしたのがバレたくらいですよ」

「……まあ、それが本当《ほんとう》だとして何《なに》？」

シャーリーは続《つづ》けさせる。

「たぶん──人工衛星《じんこうえいせい》は落《お》ちてきません。落下《らっか》するというのは、ロンドンから市民《しみん》を追《お》い出《だ》すために、誰《だれ》かが流《なが》したニセの情報《じょうほう》です」

「いくら何《なん》でも飛躍《ひやく》しすぎ。ニセのパトカーがたった1台《だい》、みんなが避難《ひなん》するのと逆方向《ぎゃくほうこう》に走《はし》っていった。それだけの理由《りゆう》で、あなたはこのすべてがまやかしだっていうの？」

「用意《ようい》が完璧《かんぺき》すぎなんです」

アリスは反論《はんろん》する。

「まず、あれがニセのパトカーだと仮定《かてい》してください」

「……いいわ、仮定《かてい》だけなら。そうしましょう」

シャーリーはしぶしぶ頷《うなず》いた。

「ニセのパトカーは何《なに》に使《つか》われるでしょう？」

「TV《テレビ》や映画《えいが》の撮影《さつえい》か、犯罪《はんざい》かね」

「人工衛星《じんこうえいせい》が落《お》ちてくる時《とき》に撮影《さつえい》するでしょうか？」

「しないわよ」

「ということは？」

「認《みと》める。パトカーは犯罪《はんざい》に使《つか》われる。でも、なんでそんな面倒《めんどう》なことを？ 犯罪《はんざい》にパトカーが必要《ひつよう》なら、私《わたし》なら盗《ぬす》むわよ。絶対《ぜったい》、その方《ほう》が簡単《かんたん》だもの」

「でも、そうしなかった」

「はいはい、あなたの説《せつ》だとパトカーは自分《じぶん》で塗《ぬ》り替《か》えた。交通規制《こうつうきせい》されてるロンドンを自由《じゆう》に走《はし》り回《まわ》れるよう、前《まえ》もって準備《じゅんび》していたものということよね……待《ま》って！」

シャーリーもハッと気《き》がつく。

「じゃあ、犯人《はんにん》は交通規制《こうつうきせい》がしかれることを前《まえ》から知《し》っていた！　ロンドンがパニックになることを、つまり、人工衛星《じんこうえいせい》が落《お》ちてくることを知《し》っていたってこと!?」

「正確《せいかく》には、騒《さわ》ぎにはなるけど、本当《ほんとう》は人工衛星《じんこうえいせい》が落《お》ちてこないことを知《し》っていた、です」

アリスは訂正《ていせい》した。

「……なるほど。あと数時間《すうじかん》で吹《ふ》き飛《と》んじゃうんなら、悪事《あくじ》を働《はたら》いてる場合《ばあい》じゃないわね。けど、人工衛星《じんこうえいせい》が落《お》ちてくるって発表《はっぴょう》したのは、ESA《イーサ》なのよ？　私《わたし》が尊敬《そんけい》する恩師《おんし》、ジェームズ・モリアーティ教授《きょうじゅ》がいるところなのよ？」

シャーリーはまだ半信半疑《はんしんはんぎ》だ。

人工衛星《じんこうえいせい》が落《お》ちてくるはずの時間《じかん》まで、あと3時間《じかん》と少《すこ》し。

アリスが正《ただ》しければ、今《いま》まで見《み》たこともない大《おお》がかりな犯罪《はんざい》が行《おこな》われようとしていることになる。逆《ぎゃく》にアリスが間違《まちが》っているなら、今《いま》すぐに逃《に》げないと安全《あんぜん》な場所《ばしょ》にはたどり着《つ》くことはできない。

「私《わたし》はあなたを信《しん》じますよ、いつだってね」

P《ピー》・P《ピー》・ジュニアがアリスを見上《みあ》げ、クチバシを上下《じょうげ》に動《うご》かす。

「サイコロをひとつ振《ふ》って、7の目《め》が出《で》るのに100ポンドかけるのと同《おな》じくらいにバカらしいと思《おも》うけど――」

シャーリーはため息《いき》をつくと、スマートフォンを手《て》に取《と》った。

「私《わたし》、どうかしちゃったのね。やっぱりあなたを信《しん》じるわ、アリス・リドル。とにかく、近《ちか》くの警察署《けいさつしょ》と連絡《れんらく》を取《と》って――」

「失礼《しつれい》ですが、お嬢様《じょうさま》」

ハンブリーはせき払《ばら》いした。

「今《いま》のお話《はなし》ですが、たとえホームズ家《け》の言葉《ことば》でも、信《しん》じてもらえるとは思《おも》えません」

「証拠《しょうこ》が必要《ひつよう》、ということね」

シャーリーは指《ゆび》の爪《つめ》を噛《か》みながら考《かんが》え込《こ》む。

「……ハンブリー、監視《かんし》カメラの映像《えいぞう》でさっきのパトカーを捜《さが》して」

「はい、お嬢様《じょうさま》」

ハンプリーはタブレット端末《たんまつ》を使《つか》い、ニセのパトカーを捜《さが》し始《はじ》めた。

少《すこ》しして。

「……おやおや」

ハンプリーはタブレットを捜査《そうさ》するヒレを止《と》めて、シャーリーを見《み》た。

「お嬢様《じょうさま》、興味深《きょうみぶか》い事実《じじつ》が判明《はんめい》いたしました。怪《あや》しいパトカーは、先《さき》ほどの1台《だい》だけではないようでございます」

「どういうこと？」

「ご覧《らん》ください」

ハンプリーは、液晶画面上《えきしょうがめんじょう》の監視《かんし》カメラ映像《えいぞう》をアリスたちに見《み》せた。

そのどれもにパトカーが映《うつ》っているのだが――。

「全部《ぜんぶ》、ニセモノです」

アリスは断言《だんげん》した。

「はい、アリス・リドル様《さま》のおっしゃるとおり。私《わたくし》の確認《かくにん》したところ、これらのすべてがパトカーと同《おな》じ色《いろ》に塗《ぬ》られてはおりますが、警察《けいさつ》に登録《とうろく》されていない車《くるま》でございます」

「一番近《いちばんちか》いのは⁉」

シャーリーは車《くるま》の助手席《じょしゅせき》に乗《の》り込《こ》んだ。

「テムズ川《がわ》に沿《そ》って南《みなみ》に進《すす》み、ビッグ・ベンを少《すこ》し通《とお》り過《す》ぎたあたりかと」

ハンブリーが運転席《うんてんせき》に座《すわ》り、アリスとP《ピー》・P《ピー》・ジュニアも後部座席《こうぶざせき》に乗《の》り込《こ》む。

「急《いそ》ぐのよ、ハンブリー！」

「仰《おお》せのままに」

ハンブリーはアクセルを踏《ふ》んで車《くるま》をスタートさせた。

テムズ川《がわ》に沿《そ》って車《くるま》は進《すす》み、向《む》こう岸《ぎし》に大観覧車《だいかんらんしゃ》『ロンドン・アイ』が見《み》えてくる。

「むにゅ～。今日《きょう》はあれに乗《の》りたかったんですが——」

と、ちょっと残念《ざんねん》そうなP《ピー》・P《ピー》・ジュニア。

ロンドン市内《しない》の避難《ひなん》は順調《じゅんちょう》に進《すす》んでいるようで、見《み》かける人《ひと》や車《くるま》の数《かず》はかなり少《すく》なくなっている。だから、信号《しんごう》にもあまり引《ひ》っかからずに、車《くるま》は順調《じゅんちょう》に進《すす》んだ。

「本当《ほんとう》にニセのパトカーなんでしょうね？」

制限速度《せいげんそくど》ギリギリで走《はし》る車《くるま》の助手席《じょしゅせき》で、シャーリーは不安《ふあん》そうな表情《ひょうじょう》を浮《う》かべている。

「そこのところがただの勘違《かんちが》いだったら、それまでの推理《すいり》がすべて間違《まちが》いになるのよ?」

「大丈夫《だいじょうぶ》ですよ。……ぷぷっ!」

P《ピー》・P《ピー》・ジュニアはクチバシにヒレをやってふき出《だ》した。

「言葉《ことば》としておかしいですね〜、本当《トゥルーリー》にニセモノ《フェイク》って?」

「冗談《じょうだん》に笑《わら》う気分《きぶん》じゃないの! ……ああ、もし本物《ほんもの》だったらどうしよう? ホームズ家《け》の恥《はじ》だわ。ご先祖《せんぞ》に顔向《かおむ》けできない!」

「お嬢様《じょうさま》、悩《なや》むのは追《お》いついてからということで」

頭《あたま》を抱《かか》えるシャーリーを、運転《うんてん》するハンブリーがなだめた。

やがて、アリスたちは、ニセのパトカーが映《うつ》っていた監視《かんし》カメラの近《ちか》くまでやってくる。

「……あれです」

アリスは白《しろ》い建物《たてもの》の前《まえ》に、パトカーが1台《だい》、停《と》まっているのを見《み》つけて指《ゆび》さした。

「うにゅ! 発見《はっけん》しましたよ〜!」

P《ピー》・P《ピー》・ジュニアが双眼鏡《そうがんきょう》でニセのパトカーを確認《かくにん》すると、警官《けいかん》の制服《せいふく》を着《き》た男《おとこ》たちが布《ぬの》に包《つつ》まれたものを建物《たてもの》から運《はこ》び出《だ》し、ニセのパトカーの後部座席《こうぶざせき》に押《お》し込《こ》もうとしているところだった。

「あそこは美術館《びじゅつかん》です！　1枚数十万《まいすうじゅうまん》ポンドの名画《めいが》がゴロゴロしてる場所《ばしょ》ですよ！」

観光《かんこう》ガイドブックを手《て》にしたP《ピー》・P《ピー》・ジュニアが、サイド・ウインドウのガラスに顔《かお》を押《お》しつけた。

「では、あれが狙《ねら》いですか？」

と、アリスも顔《かお》を押《お》しつける。

警官《けいかん》の制服《せいふく》を着《き》た男《おとこ》たちは、アリスたちの車《くるま》に気《き》がつくと、急《いそ》いで車《くるま》に乗《の》り込《こ》み、発進《はっしん》させた。

「ハンブリー、追跡《ついせき》よ！」

「はい、お嬢様《じょうさま》！」

ニセのパトカーは思《おも》い切《き》り速度《そくど》を上《あ》げたが、ハンブリーも負《ま》けじとアクセルを踏《ふ》み込《こ》む。

パトカーは何《なん》とかアリスたちを振《ふ》り切《き》ろうとするが、ハンブリーがそれを許《ゆる》さない。

でも、方向《ほうこう》を変《か》えるたびに揺《ゆ》れたり跳《は》ねたりするので、後部座席《こうぶざせき》のアリスたちは頭《あたま》や背《せ》中《なか》をぶつけっぱなしである。

「ピキ〜ッ！　シートベルトを締《し》めるべきでした〜っ！」

と、逆《さか》さまになったＰ《ピー》・Ｐ《ピー》・ジュニアが悲鳴《ひめい》を上《あ》げる。

「……あうう」

アリスも答《こた》えようとして、舌《した》を噛《か》んだ。

「もう少《すこ》しよ、ハンブリー！」

と、瞳《ひとみ》を輝《かがや》かせているのは、シートベルトをしっかり締《し》めた助手席《じょしゅせき》のシャーリーだ。

「今《いま》、どのあたりでしょう？」

観光《かんこう》ガイドブックを開《ひら》き、アリスはつぶやく。

何《なに》しろパトカーとハンブリーの車《くるま》は、しょっちゅう方向《ほうこう》を変《か》えて追《お》いかけっこをしている。ロンドンが初《はじ》めてのアリスには、自分《じぶん》がどこにいるのかさっぱり見当《けんとう》がつかない。

しかし——。

「……おお」

突然《とつぜん》、アリスたちの車《くるま》はテムズ川《がわ》のそばに出《で》た。ここは、つい数分前《すうふんまえ》に通《とお》ったばかりの川沿《かわぞ》いの道《みち》。さっきはこの道《みち》を南《みなみ》に向《む》かったが、今《いま》は北《きた》へと進《すす》んでいる。

「タワー・ブリッジの手前《てまえ》で追《お》いつくわよ！」

「はい、お嬢様《じょうさま》！」

ハンブリーはさらにアクセルを踏《ふ》み込《こ》み、ニセのパトカーとの距離《きょり》を一気《いっき》に縮《ちぢ》める。

パトカーも速度《そくど》を上《あ》げるので、まるで街中《まちなか》でレースをしているかのようだ。

「しっかりおつかまりください」

ハンブリーはそう警告《けいこく》したが、アリスもＰ《ピー》・Ｐ《ピー》・ジュニアも、ムギュウッと体《からだ》を左側《ひだりがわ》のドアに押《お》しつけられる。

テムズ川《がわ》が東《ひがし》に曲《ま》がり、それに合《あ》わせて２台《だい》ともハンドルを切《き》った。

「もう少《すこ》しです、ふふふ、もう少《すこ》し……」

ハンドルを握《にぎ》るハンブリーが怪《あや》しい笑《え》みを浮《う》かべている。

「み、み、み、見《み》てください、ロンドン橋《ばし》の上《うえ》！」

Ｐ《ピー》・Ｐ《ピー》・ジュニアが前方《ぜんぽう》をヒレで指《さ》し示《しめ》した。そこに見《み》えるのは、アリスたちが持《も》っている観光《かんこう》ガイドブックの表紙《ひょうし》にもなっている、ふたつの塔《とう》がある古《ふる》い橋《はし》だ。

「あれはロンドン橋《ばし》じゃないわ、タワー・ブリッジよ！　間違《まちが》える人《ひと》も多《おお》いけど、ロンドン橋《ばし》はさっき見《み》えた橋《はし》！」

シャーリーが訂正《ていせい》する。

「それはともかく――」

と、アリス。橋《はし》の上《うえ》には、20台《だい》ほどのパトカーが橋《はし》の上《うえ》に集《あつ》まっている。

その全部《ぜんぶ》が、今《いま》、目《め》の前《まえ》を走《はし》っているのと同《おな》じニセのパトカーだ。

「お嬢様《じょうさま》！」

ハンプリーの運転《うんてん》する車《くるま》がタイヤをきしませ、タワー・ブリッジのわずか手前《てまえ》でニセのパトカーと並《なら》んだ。

「停《と》まりなさい！」

サイド・ウインドウを開《あ》けて、シャーリーが叫《さけ》んだ。

すると、ニセのパトカーはハンドルを切《き》り、車体《しゃたい》をぶつけてきた。

アリスたちが乗《の》った車《くるま》に、ガンッという大《おお》きな衝撃《しょうげき》が走《はし》る。

「……おお、これは多少問題《たしょうもんだい》かと」

ハンブリーのクチバシから不吉《ふきつ》な言葉《ことば》がもれると同時《どうじ》に、車《くるま》はスピンして道路《どうろ》から飛《と》び出《だ》し、宙《ちゅう》を舞《ま》う。

「ピキ〜ッ！　テムズ川《がわ》にドブンですよ！」

水面《すいめん》がＰ《ピー》・Ｐ《ピー》・ジュニアたちの眼前《がんぜん》に迫《せま》る。

「！」

アリスはスマートフォンをつかむと、日傘《ひがさ》のアイコンにタッチした。

次《つぎ》の瞬間《しゅんかん》。

「フライング・パラソル！」

スマートフォンから、フリル付《つ》きの日傘《ひがさ》が飛《と》び出《だ》していた。

日傘《ひがさ》はこの前《まえ》、鏡《かがみ》の国《くに》の帽子屋《ぼうしや》から買《か》ったもの。帽子屋《ぼうしや》から買《か》ったアイテムは、アイコンにしてスマートフォンにしまっておくことができるのだ。

「つかまって！」

アリスは日傘《ひがさ》を開《ひら》いた。

「了解《りょうかい》！」

シャーリーが車《くるま》のドアを蹴《け》り開《ひら》きながら、日傘《ひがさ》の柄《がら》をつかんだ。

P《ピー》・P《ピー》・ジュニアはアリスに、ハンブリーはシャーリーにしがみつく。

車《くるま》は川《かわ》に向《む》かって落《お》ちていき、白《しろ》い水柱《みずばしら》が上《あ》がった。

「……危《あぶ》なかったです」

車《くるま》が川《かわ》にブクブクと沈《しず》んでゆくのを見《み》て、間一髪《かんいっぱつ》、脱出《だっしゅつ》に成功《せいこう》したアリスはつぶやく。

ふたりと2羽《わ》はその真上《まうえ》で日傘《ひがさ》につかまって、フワフワと空中《くうちゅう》を漂《ただよ》っていた。

「な、何《なん》なの⁉　この非常識《ひじょうしき》な日傘《ひがさ》は⁉」

シャーリーの声《こえ》が裏返《うらがえ》る。

「話《ロング》せば長《・ストーリー》くなります」

アリスは説明《せつめい》が面倒《めんどう》な時《とき》は、これで押《お》し切《き》ることにした。

その足《あし》の下《した》では、さっきまで乗《の》っていた車《くるま》がテムズ川《がわ》の川底《かわぞこ》へと沈《しず》んでゆき、日傘《ひがさ》はふたりと2羽《わ》をぶら下《さ》げたまま、タワー・ブリッジの真上《まうえ》にと移動《いどう》する。

「うう、危《あや》うく『ロンドン橋《ばし》、落《お》ちる〜』じゃなくて『ロンドン橋《ばし》から落《お》ちる〜』になるところでしたね」

日傘《ひがさ》を握《にぎ》ったアリスがタワー・ブリッジの上《うえ》に着地《ちゃくち》すると、P《ピー》・P《ピー》・ジュニアはホッとため息《いき》をついた。

「だから、タワー・ブリッジ。それに『ロンドン橋《ばし》落《お》ちる〜』は、アメリカで歌《うた》われている歌詞《かし》よ。イギリスでは『ロンドン橋《ばし》、落《お》ちた〜』なの」

と、シャーリーが訂正《ていせい》を入《い》れたところで――。

「無事《ぶじ》でよかったですよ」

優《やさ》しそうな声《こえ》が聞《き》こえた。

「私《わたし》はこれでも優雅《ゆうが》な犯罪者《はんざいしゃ》でしてね。あまり乱暴《らんぼう》なことは好《この》まないのです」

アリスが振《ふ》り返《かえ》ると、パトカー（ニセモノ）から背《せ》の高《たか》い男《おとこ》の人《ひと》がこちらに近《ちか》づいてくるのが見《み》えた。スーツ姿《すがた》で髪《かみ》は黒《くろ》く、顔立《かおだ》ちは映画《えいが》スターのように整《ととの》っている。

「嘘《うそ》？」

男《おとこ》を見《み》たシャーリーの顔《かお》が青《あお》ざめた。

「嘘《うそ》よ、こんなの」

「……誰《だれ》です？」

P《ピー》・P《ピー》・ジュニアがシャーリーを見上《みあ》げる。

「大学時代《だいがくじだい》の私《わたし》の先生《せんせい》。私《わたし》の大好《だいす》きな、尊敬《そんけい》する——」

シャーリーは説明《せつめい》しかけ、途中《とちゅう》で言葉《ことば》が続《つづ》かなくなった。

「ジェームズ・モリアーティ教授《きょうじゅ》。お見知《みし》り置《お》きを、P《ピー》・P《ピー》・ジュニアとその助手《じょしゅ》の方《かた》」

教授《きょうじゅ》と名乗《なの》った男《おとこ》は一礼《いちれい》した。

「あなたが人工衛星《じんこうえいせい》が墜落《ついらく》するとデマを流《なが》した張本人《ちょうほんにん》ですか？」

P《ピー》・P《ピー》・ジュニアが質問《しつもん》した。

「そう。宇宙工学《うちゅうこうがく》と天体物理学《てんたいぶつりがく》、数学《すうがく》と医学《いがく》の学位《がくい》を持《も》つ私《わたし》は、ESA《イーサ》の人工衛星《じんこうえいせい》システムの責任者《せきにんしゃ》でね。衛星《えいせい》の位置《いち》は簡単《かんたん》にごまかせたよ」

「ロンドン市内《しない》をガラ空《あ》きにして、美術品《びじゅつひん》を盗《ぬす》むため？」

今度《こんど》はアリスがたずねる。

「そのとおり。ロンドンには、世界《せかい》にふたつとないすばらしい美術品《びじゅつひん》を収《おさ》めた美術館《びじゅつかん》や博《はく》物館《ぶつかん》、画廊《がろう》が数多《かずおお》くある。まさに芸術《げいじゅつ》の宝庫《ほうこ》と言《い》っていい。そこから、個人的《こじんてき》に気《き》に入《い》った作品《さくひん》を少々《しょうしょう》手《て》に入《い》れようという計画《けいかく》だよ」

「どこが少々《しょうしょう》です⁉　こんな大《おお》がかりなことをして！」

Ｐ《ピー》・Ｐ《ピー》・ジュニアがまたパタタタタタ～ッと水《みず》かきで地面《じめん》を叩《たた》く。

「うん、正確《せいかく》には28作品《さくひん》。Ｐ《ピー》・Ｐ《ピー》・ジュニア君《くん》、君《きみ》に分《わ》かりやすいように日本円《にほんえん》に直《なお》すと、だいたい３００億《おく》ほどの価値《かち》になるかな？」

モリアーティはあっさり認《みと》めた。

「たとえ教授《きょうじゅ》でも、こんなの許《ゆる》せません！」

そんなモリアーティを、シャーリーがキッとにらむ。

「許《ゆる》せないならどうするつもりだい、シャーリー？」

「私《わたし》、何《なに》も気《き》がつかないで……あなたのことをずっと尊敬《そんけい》して」

「それもゲームの一部《いちぶ》。楽《たの》しかったよ、シャーリー」

モリアーティがパチンと指《ゆび》を鳴《な》らすと、後《うし》ろにいた男《おとこ》たちがアリスたちを取《と》り囲《かこ》んだ。

「そちらはふたりと2羽《わ》。こちらは50人以上《にんいじょう》。抵抗《ていこう》するだけ無駄《むだ》だとは思《おも》わないか？　君《きみ》はここで消《け》すには惜《お》しい弟子《でし》だ。私《わたし》たちの仲間《なかま》に加《くわ》わって欲《ほ》しい」

モリアーティはシャーリーに向《む》かって手《て》を伸《の》ばす。

しかし。

「理性《りせい》で考《かんが》えれば確《たし》かに抵抗《ていこう》は無駄《むだ》。でも、ここで悪人《あくにん》に屈《くっ》したら、ホームズ家《け》が代々受《だいだいう》け継《つ》いできた名探偵《めいたんてい》の称号《しょうごう》を汚《けが》すことになる。それだけは許《ゆる》されないわ」

シャーリーは首《くび》を横《よこ》に振《ふ》った。

「そうか。残念《ざんねん》だよ」

モリアーティはため息《いき》をつくと、クルリとアリスたちに背《せ》を向《む》け、部下《ぶか》に命《めい》じた。

「諸君《しょくん》、片《かた》をつけよう」

と、その時《とき》。

「あの、これ」

アリスが前《まえ》に進《すす》み出《で》て、自分《じぶん》のスマートフォンを差《さ》し出《だ》した。

「……まさか、今《いま》の会話《かいわ》を」

モリアーティは、スマートフォンが通話《つうわ》の状態《じょうたい》になっていることに気《き》がついた。

「はい。日本《にっぽん》の友《とも》だちが録音《ろくおん》しておいてくれました」

アリスはスマートフォンに話《はな》しかける。

「シュヴァリエ君《くん》？」

電話《でんわ》の相手《あいて》は探偵《たんてい》シュヴァリエこと、響琉生《ひびきるい》だ。

『アリス君《くん》、今《いま》の音声《おんせい》と画像《がぞう》データを、ロンドン警視庁《けいしちょう》に送《おく》った。人工衛星《じんこうえいせい》の墜落《ついらく》が嘘《うそ》だということが分《わ》かったから、すぐに警官隊《けいかんたい》がそっちに向《む》かうはずだよ。モリアーティの一味《いちみ》を捕《つか》まえにね』

アリスは日傘《ひがさ》を取《と》り出《だ》したすぐあとに琉生《るい》に電話《でんわ》をかけ、そのままにしていたのだ。

「なるほど」

モリアーティは頷《うなず》いた。

「感心《かんしん》したよ。でも君《きみ》たちの命《いのち》を救《すく》うのに、ロンドン警視庁《けいしちょう》は間《ま》に合《あ》うかな？」

確《たし》かに。

ロンドン警視庁《けいしちょう》から警官隊《けいかんたい》は来《く》るだろうが、今《いま》はたぶん、避難《ひなん》する市民《しみん》の誘導《ゆうどう》で手《て》いっぱいのはず。時間稼《じかんかせ》ぎが必要《ひつよう》だ。

「ハイパー・ミラージュ！」

アリスはスマートフォンを高《たか》くかかげ、スペードのアイコンに触《ふ》れた。

「アーンド――」

続《つづ》けて、いつもの変身《へんしん》の合《あ》い言葉《ことば》をちょっと変《か》えて唱《とな》える。

「ワンダー・チェンジ・トリプル！」

すると――。

アリスたちを囲《かこ》んでいたモリアーティ一味《いちみ》は、いつの間《ま》にか、警官隊《けいかんたい》と、ロンドン名物《めいぶつ》、高《たか》い帽子《ぼうし》に赤《あか》い制服《せいふく》の近衛兵《ロイヤルガード》に囲《かこ》まれていた。

「ほう、どこから？」

モリアーティは目《め》を細《ほそ》めた。

「それは秘密《ひみつ》です」

と、アリス。

ハイパー・ミラージュは、帽子屋《ぼうしや》からもらった七《なな》つ道具《どうぐ》のアプリのひとつ。

スマートフォン画面《がめん》のスペード形《がた》のアイコンに触《ふ》れると、幻《まぼろし》を生《う》み出《だ》すことができる。

今《いま》、アリスは自分《じぶん》の幻《まぼろし》を２００体《たい》呼《よ》び出《だ》し、続《つづ》けてワンダー・チェンジで警官《けいかん》と近衛兵《ロイヤルガード》に変身《へんしん》させたのだ。

近衛兵《ロイヤルガード》のアリスが100人《にん》。警官《けいかん》のアリスが100人《にん》。

計《けい》200人《にん》のアリスが、モリアーティ教授一味《きょうじゅいちみ》を囲《かこ》んでいた。

「逃《に》げるのは無理《むり》。数《かず》ではこちらが上《うえ》」

本物《ほんもの》のアリスが言《い》った。

ちなみに、今《いま》は私立学校《パブリック・スクール》の生徒《せいと》に変身中《へんしんちゅう》。

せっかく作《つく》ってもらったのに、着《き》ないともったいないな～っと思《おも》ったのだ。

「武器《ぶき》は捨《す》てて。盗《ぬす》んだ物《もの》もみんな置《お》いていって。そうすれば、今回《こんかい》は見逃《みのが》してあげます」

「いい取引《とりひき》とは思《おも》えないね」

もう、モリアーティは笑《わら》っていなかった。

「他《ほか》に選択肢《せんたくし》がありますか？」

「…………条件《じょうけん》を呑《の》もう」

モリアーティ教授《きょうじゅ》は右手《みぎて》を真横《まよこ》に伸《の》ばし、さっと振《ふ》ってみせた。

「諸君《しょくん》、荷物《にもつ》を下《お》ろしたまえ」

部下全員《ぶかぜんいん》が命令《めいれい》に従《したが》い、盗《ぬす》み出《だ》した美術品《びじゅつひん》をアリスたちの前《まえ》に積《つ》み重《かさ》ねていった。

「これだけは手元《てもと》に置《お》いておきたかったが」

盗《ぬす》み出《だ》した最後《さいご》の美術品《びじゅつひん》、ターナーの風景画《ふうけいが》をアリスの目《め》の前《まえ》に置《お》くと、モリアーティは苦笑《くしょう》する。

「さて、君《きみ》の名前《なまえ》は？」

モリアーティはアリスを見《み》つめる。

「アリス・リドル」

「覚《おぼ》えておこう」

モリアーティはニセのパトカーのうちの1台《だい》に乗《の》り込《こ》むと、仲間《なかま》とともにタワー・ブリッジをあとにした。

そして最後《さいご》の1台《だい》が去《さ》ってゆくのを見届《みとど》け、アリスはため息《いき》をついて座《すわ》り込《こ》んだ。

同時《どうじ》に、幻《まぼろし》のアリスたちも一斉《いっせい》に消《き》える。

「アリス！　今《いま》のどうやったのよ!?」

アリスを支《ささ》えながら、シャーリーがたずねた。

「話《ロング・ストーリー》すと長くなるので」

結局《けっきょく》、これで通《とお》すアリスだった。

警官隊《けいかんたい》がやってきたのは、それから10分《ぷん》ほど経《た》ってからのこと。

ロンドン警視庁《けいしちょう》に連《つ》れていかれ、いろいろ質問《しつもん》を受《う》けているうちに、人工衛星《じんこうえいせい》が本当《ほんとう》は元《もと》の軌道《きどう》から外《はず》れていないことが確認《かくにん》され、ロンドン市民《しみん》は街《まち》に戻《もど》った。

日《ひ》が暮《く》れて、空《そら》が星《ほし》におおわれ始《はじ》めた頃《ころ》、やっと帰《かえ》ることを許《ゆる》されたアリスたちがロンドン警視庁《けいしちょう》の外《そと》に出《で》ると、そこにはシャーリーとハンブリーが待《ま》っていた。

「モリアーティは姿《すがた》を消《け》したわ」

シャーリーが告《つ》げる。

「おふたりに、G《ジー》・B《ビー》・キング支社長《ししゃちょう》から連絡《れんらく》です」

せき払《ばら》いをして、ハンブリーが言《い》った。

「そりゃあ、ロンドン支社《ししゃ》のいい宣伝《せんでん》になりましたからねえ。ほめてもらって当然《とうぜん》です」

P《ピー》・P《ピー》・ジュニアが胸《むね》を張《は》る。

「正確《せいかく》にはそういうことではなく――」

ハンブリーはメモを読《よ》み上《あ》げた。

「『明日《あした》も研修《けんしゅう》はあるので、サボるな』だそうで」

「今日《きょう》、お休《やす》みできなかったのに？」

と、アリス。

「ご愁傷様《しゅうしょうさま》で」

ハンブリーはぜんぜん心《こころ》がこもっていない感《かん》じでそう言《い》った。


そして、残《のこ》り3日《か》の研修《けんしゅう》も終《お》わり――。

「さよならです」

アリスたちが日本《にっぽん》に帰《かえ》る日《ひ》がやってきた。

「あなたたちの言《い》ったことも間違《まちが》ってなかったわね。捜査《そうさ》に必要《ひつよう》なのは、直感《ちょっかん》と推理《すいり》、愛《あい》と勇気《ゆうき》」

ヒースロー空港《くうこう》の搭乗口《とうじょうぐち》の前《まえ》で、シャーリーがアリスに言《い》った。

「あと、運《うん》」

アリスは付《つ》け足《た》す。

「確《たし》かに、運《うん》も必要《ひつよう》ね」

シャーリーはいきなりアリスを抱《だ》きしめた。

「また来《き》て、歓迎《かんげい》する」

「……考《かんが》えておきます」

ロンドンの街《まち》も嫌《きら》いではないが、研修《けんしゅう》はもうごめんだった。


ところで。

アリスは帰国《きこく》するまですっかり忘《わす》れていた。

先生《せんせい》に、ロンドンのレポートの宿題《しゅくだい》を出《だ》されていたことを。

アリスは成田空港《なりたくうこう》に到着《とうちゃく》してからやっとそのことを思《おも》い出《だ》し、徹夜《てつや》でレポートに取《と》り組《く》むことになるのだが――。

それはまた、別《べつ》のお話《はなし》である。

明日《あした》もがんばれ！ 怪盗《かいとう》赤《あか》ずきん！ その8

「あ～！ あいつ、電話《でんわ》切《き》った～！」

　怪盗《かいとう》赤《あか》ずきんは、バイト先《さき》のドーナッツ店《てん》『ミルキー・ドーナッツ』で、スマートフォンに向《む》かって思《おも》わず怒鳴《どな》っていた。

「おまけに電源《でんげん》切《き》った～っ！」

「こらこら、遊《あそ》ぶな。バイト中《ちゅう》だぞ」

　赤《あか》ずきんと同《おな》じピンクの制服《せいふく》を着《き》て、ドーナッツを運《はこ》ぶオオカミが注意《ちゅうい》する。

「だってさ～、ペンちゃん外国《がいこく》行《い》ってるんだよ？ おみやげ頼《たの》まないと」

「頼《たの》んでも無駄《むだ》だ。あいつはお前《まえ》のライバルだぞ？ 分《わ》かってんのか？」

「じゃあ、アリス、アリスに頼《たの》む！ 何《なに》がいいかな？ ちゃんと考《かんが》えよ。
そうだ、リストつくってアリスに送《おく》っちゃおっかな～？」

　カウンターに並《なら》んでいるお客《きゃく》さんがいるのに、赤《あか》ずきんはメモを取《と》りだして何《なに》か書《か》き始《はじ》める。

「……ダメだ、こいつ」

　ため息《いき》をついたオオカミはせめて自分《じぶん》だけはクビにならないようにバイトに励《はげ》むのだった。

Shogakukan Junior Bunko

★小学館ジュニア文庫★

華麗なる探偵アリス&ペンギン

アリスvs.ホームズ!

2016年12月 5 日　初版第１刷発行
2022年 4 月23日　　　第４刷発行

著者／南房秀久
イラスト／あるや

発行人／吉田憲生
編集人／今村愛子
編集／山口久美子

発行所／株式会社　小学館
〒101-8001　東京都千代田区一ツ橋２－３－１
電話　編集　03-3230-5105
販売　03-5281-3555

印刷・製本／加藤製版印刷株式会社

デザイン／佐藤千恵+ベイブリッジ・スタジオ

Printed in Japan　　ISBN 978-4-09-230897-8